Ernst Rosmer

**Wir Drei**

Fünf Akte

Ernst Rosmer

**Wir Drei**
*Fünf Akte*

ISBN/EAN: 9783744669245

Hergestellt in Europa, USA, Kanada, Australien, Japan

Cover: Foto ©Andreas Hilbeck / pixelio.de

Weitere Bücher finden Sie auf **www.hansebooks.com**

# Wir Drei.

## Fünf Akte.

### Von

### Ernst Rosmer.

München.
Druck und Verlag von Dr. E. Albert & Co.
Separat-Conto.

## Personen.

Sascha Korff.

Richard Ebner, Schriftsteller.

Agnes, seine Frau.

Betty Hofstetter, Haushälterin.

Ein Diener. Arbeitsleute.

Ort: Deutsche Mittelstadt. Zeit: Gegenwart.

# Erster Akt.

## Februar.

(Rechts und links vom Zuschauer aus angenommen. Kleine Wohnstube, einfach gemütlich eingerichtet. Alle Möbel neu, wenig abgenützt. Zwei Thüren in der Mittelwand. Zwischen den Thüren ein Klavier. Die rechte, eine Polsterthüre, führt in Richards Arbeitszimmer, die andere in das Vorzimmer. Links Thüre zum Schlafzimmer. In der linken Ecke weißer Kachelofen; das Feuer brennt. Links vorne Divan, Tisch und Rohrstühle. Der Tisch ist zum Abendessen gedeckt, darüber brennende Hänge= lampe. Rechts an der Wand ein kleines Buffet. Rechts vorne das Fenster. Am Fenster Trittbrett und Nähtischchen. Auf dem Nähtischchen eine kleine Lampe mit bunt ausgeklebtem Schirm.

Agnes sitzt am Nähtisch, näht an einem dunkeln Frauen= mantel. Sie sieht auf ihre Uhr.)

Agnes. Halb acht! Schon! Wie lange er ausbleibt. (Lehnt sich zurück, schließt die Augen.) Er — der — Meiner! Meiner! Sehnsucht hab' ich — küssen möcht' — küssen ... ah! (Springt auf, legt den Mantel auf den Stuhl.) Ich halt's nicht aus, ich halt's nicht aus! (Läuft an die Vorzimmerthüre, öffnet.) Betty!

Betty (von außen). Ja!

Agnes. Bitte komm herein. — (Für sich.) Die dumme Angst.

Betty (unter der Thüre). Hm?

Agnes. Er kommt so lange nicht.

Betty. Der Herr Doktor sind immer unpünktlich. Sie könnten's schon gewöhnt sein.

Agnes. Das Glatteis — Ich bin gestern auch ausgerutscht auf dem Weg in die Buchhandlung. Am Ende ist er gefallen.

Betty. Dann wird er wieder aufsteh'n. Die Sorge! Für den!

Agnes. Betty!

Betty. Ja — für den. Da ist schon wieder ein Buch gekommen. (Spannt zwei Finger auseinander.) So dick! Wird wieder ein schönes Stück kosten. Weil er so schon die ganze Stube voll Bücher hat. Und Staub wischen darf man nur alle vier Wochen. Nächstens wachsen Kartoffel in dem Dreck. Aber wir, wir brauchen immer so viel Geld und versteh'n nichts von der Haushalterei. Die Frau Doktor haben nicht einmal einen neuen Wintermantel. Agnes — meine Frau wenn du wärst, ich ließ' dich nicht mit dem alten Habern 'rumlaufen.

Agnes. Betty — ich bin eben nicht deine Frau, ich bin deine gnädige Frau.

Betty. Gnädige Frau — ja. Das haben auch der Herr Doktor eingeführt. Das Vornehme... der Respekt. Ich hätt' nicht weniger Respekt vor dir, wenn ich du sagen thät' und Agnes.

Agnes. Es schickt sich nicht.

Betty. Dein Mantel schickt sich auch nicht, wenn's gar bei uns hergeh'n soll wie bei Prinzens und Grafens. Ihm bist du seine Frau seit zwei Jahren und mir mein Kind seit dreiundzwanzig.

Agnes. Dreiundzwanzig — so alt bin ich schon.

Betty. Ich hab' die Plackerei mit dir gehabt und er hat's Vergnügen.

Agnes. War ich bös?

Betty. Bös? Kein Schein! Sauer's Zeug hast halt gern genascht — meine Pfeffergurken. Warst immer gut zum haben. Aber schwächlich! Blutarm! Mager wie ein Zündhölzl. Und nach den Blattern erst.

Agnes (nimmt ein Spiegelchen vom Nähtisch, sucht mit dem Finger unter den Stirnlocken).

Betty. Da hätt' ich deinen gescheiten Mann seh'n mög'n. Der Doktor hat daher gered't, du mußt sterben, und so allerlei Schmarr'n. Aber ich hab' mich vor ihn hingestellt und hab' gesagt, recht laut hab' ich's gesagt: Herr Doktor, hab' ich gesagt, ich bin die Betty Hofstetter. Ich hab' der Mutter von der Agnes auf dem Totenbett versprochen, hab' ich gesagt, daß ich die Agnes aufzieh' zu einem großen schönen Mädel, hab' ich gesagt. Ich halt', was ich versprech'. Vielleicht machen Sie's anders, hab' ich gesagt. Die Agnes stirbt nicht.

Agnes. Und er hat sich deine Grobheiten gefallen lassen?

Betty. Er hat gesagt, das hilft nichts, hat er gesagt, daß ich's versprochen hab'. So ein Esel. Hinausgeworfen hab' ich ihn. Dann waren's noch so ein Stücker zehn Nächt' und dann bist du gesund geworden, du gnädige Frau du!

Agnes (läuft zu ihr, umarmt sie). Mutterle!

**Betty** (streichelt sie). Die Studierten! Ein sitzengebliebener Hesenknödel hat mehr Verstand als die. Der Vater von der Sascha — das war noch der Einzige. Der hat sehr viel auf meinen Kamillenthee gehalten. Fräulein Betty, hat er 'mal zu mir gesagt — ja, er hat immer Fräulein zu mir gesagt — der Kamillenthee kann nie 'was schaden, hat er gesagt. Weißt, Agnes, im Sommer hol' ich mir wieder einen.

**Agnes** (lehnt sich an ihre Schulter). Nun bist du wieder ganz gut — ganz goldig gut. Nicht mehr auf Richard zanken!

**Betty** (weich). Ach du Buttervogerl! In Gottes Namen! Ich sag nix mehr auf'n Richard. Wenn er nur die Bücher, die —

**Agnes.** Pst! Die Bücher geh'n uns gar nichts an. Die braucht er! Zum Studieren! Und wenn er selber 'was schreibt — denk' nur an seine schöne Geschichte, die im Tagblatt gestanden hat.

**Betty.** Großartig! Er ist das reine Schenie! Wie's da zugeht, wie die Leut' da reden — so 'was passiert gar nimmer auf der Welt. Wenn bekommt er denn bezahlt?

**Agnes.** Ich denke, Anfang März.
**Betty.** Erst? Wieviel?
**Agnes.** Viel nicht. Fünfzig, sechzig Mark.
**Betty.** Das Bissel? Für die Menge Gedrucktes?
**Agnes.** Er hat noch keinen Namen. Da muß man froh sein, überhaupt gedruckt zu werden. Ich erinnere mich, wie es Sascha mit ihrer ersten Novelle

gegangen ist. Kein Mensch wollte sie nehmen — und voriges Jahr hat sie fünfhundert Mark dafür bekommen.

Betty. Die hat auch mehr Glück als Verstand!

Agnes (holt aus dem Buffet ein Brodkörbchen und stellt es auf den Tisch). Das ist nicht wahr.

Betty. So? Ihr Geschreibsel ist keine alte Semmel wert.

Agnes. Du kennst es doch nicht.

Betty. O ja.

Agnes. Du? Woher denn?

Betty. Na — vor fünf Jahr' — wie der alte Korff noch gelebt hat — wie er uns eingeladen hat — auf's Land — da hab' ich ihr so ein paar Heft' aus dem Schreibtisch 'raus.

Agnes. Wie kannst du ...

Betty. Wenn's Keiner merkt! Und ich hab' ihr das Zeug gleich wieder in die Schublad' 'neingethan. Das sag' ich dir, wenn meine Tochter das geschrieben hätt', Schläge bekäm' sie auf ihren Allerwertesten. Ja! Was da d'rin g'standen hat — von liederlichen Weibsbildern — und so gewöhnliche Wörter, wie man s'alle Tag' daherredet.

Agnes. Das ist eben die Kunst.

Betty. Das ist gar keine Kunst. Gut'n Tag und gut'n Abend, und wie geht's Ihnen, das kann ich auch schreiben. Dem Richard seine Geschichten sind viel schöner.

Agnes. Mir ist sein Talent auch lieber. Ich finde es vornehmer. Aber begabt ist Sascha doch.

Betty. Begabt — weil sie große Hüt' trägt und so Redensarten hat? Den Kopf hat sie euch verdreht. Du bist viel netter und viel gescheiter. Ja, sie hat 'was Einschmeichlerisches mit ihrem Gelach' und Gethu' und Aufgebausch. Ich sag' dir, es steckt nicht soviel dahinter, daß ein Kanari sich d'ran satt fressen kann.

Agnes. Ich weiß schon, ich weiß schon — du bist eifersüchtig auf Sascha.

Betty. Auf ihr' große Nas'? Wär' mir recht. Giften thut's mich, daß sie dich so anders gemacht hat. Zum ersten Mal die Hand geben — aus war's. Alles hast du gethan, was sie gewollt hat. Gelernt, gelesen, und andere Kleider getragen — und verliebt.

Agnes (fährt zusammen, leise und nervös). Sei still.

Betty. Wer hat 'n Richard auf's Land gebracht? Wer hat euch in der Stadt immer wieder zusamm' eingeladen? Wer hat dir alle Tag' von ihm erzählt? Und bei ihm wird sie's g'rad' so gemacht haben. Das bos't mich am meisten, daß du durch sie einen Mann gekriegt hast.

Agnes (ein wenig beklommen, mit absichtlicher Ruhe). Sie hat mir abgeraten.

Betty. Wie sie's soweit hat kommen lassen.

Agnes. Sie hat mir seine Fehler vorgestellt — übertrieben —.

Betty. Aus Gescheittthuerei.

Agnes. Seit ich sie kenne, hab' ich nur Wohlthaten von ihr —

Betty. Theaterbilleter!

Agnes. Sie gibt so liebenswürdig, so . . . als ob man ihr einen Gefallen thäte.

Betty. Wir thu'n ihr auch einen Gefallen! So ein nettes Mädel wie du! Sie soll sich ein's suchen.

Agnes. Und gegen dich? War sie nicht lieb? Die schöne Granatbroche?

Betty. Die dreißig Mark werden sie nicht umbringen. Ein Stein ist gleich 'rausgefallen.

Agnes. Den Schiller hast du doch gelesen, den sie dir geschenkt hat.

Betty. Den Richard hab' ich 'mal gehört zu dir sagen, der Goethe wär' besser. Da hätt' sie mir doch gleich den bessern schenken können.

Agnes (hat ihre letzten Worte nicht mehr angehört). Nein, nein, nein, nein — Sascha ist gut, engelsgut, ich wollt', ich könnt' ihr's vergelten, was sie . . . ich liebe sie, ich vergöttere sie . . . (bricht in Thränen aus).

Betty (stürzt zu ihr). Agnes! Sie weint! Agnes, ich will der Sascha Alles abbitten. Sie ist ein Wunder, sie ist der leibhaftige Gottseibei . . . nein, der leibhaftige Herrgott — heilige Mutter Gottes, die Sünd'! Wein' nicht, wein' nicht.

Agnes. Schlecht bin ich, undankbar —

Betty. Den Richard hat sie dir nicht verschafft. Wer wird denn so einen Unsinn daherreden. Am End' hat sie ihn selber wollen und nur aus . . . du, ich glaub' wirklich. Das muß ihr der ärgste Feind lassen, sie ist ein sehr nobles Frauenzimmer . . . sie . . . sie — was soll ich denn noch sagen! Hör' doch auf mit dem Gewein'!

Agnes. Ich — weine nicht mehr. Lass' mich (geht von ihr weg).

Betty. Wie du dich gleich aufregst. Früher warst du gar nicht nervös.

Agnes. Bitte — Glas Wasser. (Betty ab. Agnes setzt sich, hält die Hand an die Stirne) Verschafft — o... o...

Betty (kommt wieder mit einem Glas Wasser und einem Packet). Da ist das Mistbuch.

Agnes (nimmt es). Das? Das ist doch nicht von seinem Buchhändler — das ist... (Sie hat das Papier halb aufgerissen) Betty — du darfst Richard von dem Buch nicht sagen. Das — ist für mich.

Betty. Für — Fängst du auch an mit die Bücher!

Agnes. Ja... Sag' nichts davon. Niemand. Und — und mach' den Thee fertig.

Betty (im Abgehen). Was da dahinter steckt...

Agnes (allein, reisst den Umschlag herunter). Das — ja. (Schlägt das Buch auf, liest den Titel.) „Die ersten Mutterpflichten, von..." (Setzt sich, schaut starr vor sich nieder.) Ich täusche mich. Gewiss. Ganz gewiss. (Steht auf, legt das Buch in die untere Schublade des Nähtischchens.) Lesen — später, später. (Bleibt in der Mitte des Zimmers stehen, ausbrechend mit Leidenschaft und Innigkeit.) Du Lieber, du Geliebter, wie kann ich dich genug lieben. (Die Thür wird draussen zugeworfen.) Ah! (Läuft hinaus, lässt die Thür offen.)

(Richard und Agnes im Vorzimmer.)

Agnes. So spät! Du böser Lieber! Bist du aufgehalten — Kalt bist du! Es soll dir schon warm... lass' dir doch helfen.

Richard (etwas verdrießlich). Laß' mich, ich werde mir den Ueberrock wohl selbst ausziehen können ... Du kümmerst dich immer um Ueberflüssiges. Schöne Hausfrau. Auf der Treppe brennt kein Licht. Den Hals kann man sich brechen.

Agnes. Hast du dir etwas gethan? Betty, Betty, die Lampe auf der Treppe anzünden — Sie hat's vergessen!

Richard. So denk' du daran. Eine Beule hab' ich mir gestoßen — ja, da — acht Tage lang werd' ich's spüren. (Er ist voraus ins Zimmer getreten, dann Agnes; Betty schließt von außen die Thür.)

Agnes (legt ihm die Hand an die Stirne). Da? Spürst du's noch?

Richard (ohne darauf einzugehen). Thee will ich haben. (Setzt sich an den Tisch. Agnes klingelt.) Briefe?

Agnes. Nein.

Richard. Daß Sascha nicht schreibt. Wann haben wir den letzten von ihr gehabt?

Agnes. Vor acht Tagen.

Richard. Vier Zeilen.

Agnes. Sie wird keine Zeit haben. Und sie ist nicht schreibselig.

Richard. Allerdings. (Zieht eine Zeitung heraus.) Da steht ein Bericht über die elfte Aufführung ihres Sonnenmärchens. Der Erfolg steigert sich jeden Abend. Und im Residenztheater soll ein neues Stück von ihr in Vorbereitung sein. Welches kann denn das ...
(Betty kommt mit dem Theebrett, stellt den Thee auf den Tisch, geht wieder.)

Agnes. Willst du Schwarz- oder Weißbrot?

Richard. Weißbrot — und die Butter nicht zu dick. (Sieht wieder in die Zeitung.) Auf den Ball der Fürstin Mouchanoff war sie eingeladen.

Agnes (zerstreut). Sascha? In diese exklusive Gesellschaft? Vielleicht durch ihren Onkel. Als russischer Gesandter —

Richard. Aber Agnes, du weißt doch, daß Sascha nicht mit ihm steht.

Agnes. Ja, ja — freilich — du hast Recht.

Richard. Muß ein roher Dummkopf sein.

Agnes. Daß er sich nicht einmal nach dem Tode ihres Vaters um sie gekümmert hat.

Richard. In den drei Jahren hätte er schon Zeit dazu gehabt.

Agnes. Aber Sascha macht sich gar nichts daraus. Ich glaube, mir würde so etwas furchtbar weh' thun.

Richard. Im Gegenteil — sie will nichts von ihm wissen. Recht hat sie. Wenn sie nur schon wieder da wäre — vier Wochen ist sie schon fort! — und mir erzählen könnte — in der eigenen Sprache, die sie redet.

Agnes. Findest du so 'was Besonderes d'ran? Sie drückt sich nicht immer gebildet aus. Manchmal sogar recht ungeschickt. Gerne redet sie. Viel . . . Willst du mir nicht aus der Zeitung vorlesen? Nichts Interessantes? Was ist denn mit der Schulreform?

Richard. Da steht, was Sascha auf dem Ball angehabt hat.

Agnes. Das interessiert dich?

Richard. Schenk' erst den Thee ein, sonst wird er mir zu stark. Also ... „unter den vielen Toiletten" ... „besonders auffallend" — ah, hier — „Fräulein Sascha Korff, die gefeierte Berühmtheit der letzten vier Wochen, trug ein Kleid aus crêpiertem Maiscrêpe und blassem Maissammt. Das Corsage, vorne und hinten en coeur ausgeschnitten, bildete vorne zwei große fast viereckige Flügel, welche bis zum Rockrande herabfielen. Diese Flügel waren leicht mit Gold bestickt. Vorderteil des Corsage und Tablier waren aus einer Menge von Plissés und kleinen Draperien aus crêpe crêpé hergestellt, die Schleppe von Sammt mit Goldstickerei." — (Lacht.) Nach dieser Beschreibung kann ich mir nicht das Mindeste vorstellen, außer daß die Toilette gelb war.

Agnes. Ich mag Gelb nicht.

Richard. Man wird ihr nicht wenig gehuldigt haben. Aber sie hat für diese Aeußerlichkeiten keine Empfindung.

Agnes. So?

Richard. Was ist das für ein „so"?

Agnes. Nun — es liegt ihr nichts daran, aber es amüsiert sie.

Richard. Du bist von einer psychologischen Unkenntnis! Sascha amüsiert sich nicht, sie studiert die Menschen.

Agnes (ist still, legt ihm kaltes Fleisch auf den Teller).

Richard. Warum redest du nicht?

Agnes. Was soll ich denn ...

Richard (wirft die Serviette hin). Ihr ärgert mich alle hier im Haus.

Agnes (sanft und überlegen). Nein Richard. Wir ärgern dich nicht. Du ärgerst dich selbst. Ich weiß nicht warum. Ich fühle nur, daß dir etwas weh' thut — innerlich. (Sie hat die Hand auf seine Schulter gelegt und sieht ihn an.)

Richard. Was du für eine gute Stimme hast. Und für gute Augen. Du kleine Agnes. (Sehr liebenswürdig.) War ich unartig? Verzeih'!

Agnes. Ich glaubte schon, du hättest mit dem Verleger Unannehmlichkeiten gehabt.

Richard. Mit Meerhoff? Kein Gedanke.

Agnes. Du bist so lange ausgeblieben.

Richard. Wir hatten zu reden. Ueber viel Wichtiges.

Agnes. Nimmt er die Novellen?

Richard. Ja. Alle.

Agnes. O wie schön.

Richard. Zwei elegante Bände, Oktavformat, Velinpapier, lateinische Lettern. Wird ganz fein aussehen. Denk' nur, was er mir für einen Vorschlag gemacht hat.

Agnes. Einen Vorschlag?

Richard. Er reist für die nächsten Monate nach Italien. Venedig, Florenz, vielleicht noch weiter. Er will mich mitnehmen. Auf seine Kosten. Dafür soll ich so 'ne Art unterhaltendes Reisehandbuch schreiben. Das erscheint dann in seinem Verlag — mit Illustrationen.

Agnes (sieht vor sich hin). Du gehst weg —

Richard. Nein. Man ist doch nicht sein eigener Herr, wenn man so — und wo ich gar nichts weiter bekommen soll, als Reise und Aufenthalt — und ich will nicht fortgehn von euch.

Agnes. Von...

Richard. Ja, von dir und Sascha. Gerade jetzt brauche ich sie.

Agnes. Freilich — Sascha.

Richard. Sie hat solch feines Sprachgefühl. Ich kenne keinen Menschen, auf dessen Urteil ich mehr Wert lege.

Agnes. Ich finde sie einseitig. Oft sogar ungerecht.

Richard. Ungerecht — alle großen Naturen sind ungerecht. Sie können nicht mit der Gewöhnlichkeit rechnen.

Agnes (lacht). Rechnen! Das kann Sascha überhaupt nicht. Da muß ich helfen.

Richard. Sie bewundert dich auch sehr in diesem Punkt. Uebrigens — sie bewundert dich in Allem.

Agnes. Ich weiß nicht, woher das kommt.

Richard. Erst hab' ich's dir gar nicht verzeihen können, daß du sie länger kennst als ich. Wie sie mir das erste Mal von dir sprach — ich war so neidisch auf dich. Du — was hat sie denn von mir gesagt?

Agnes. Sehr viel Gutes, du seist brav, liebenswürdig, durch und durch ein anständiger Charakter — mit andern Ausdrücken hat sie's gesagt. Aber die weiß ich nicht mehr.

Richard. Hat sie nicht von meiner Begabung gesprochen?

Agnes. Auch das. Dein Talent wäre ungewöhnlich, noch nicht vertieft genug, unfertig, zu jung —

Richard. Ich bin auch noch sehr jung. Wenn ich nur diese ewigen Magenverstimmungen los werden könnte. Das hindert so im Arbeiten. Du müßtest kräftiger kochen lassen. Bei uns zu Haus war das Essen viel — ich möchte sagen — gehaltvoller.

Agnes. Deine Eltern hatten eben das Geld dazu — und (lächelnd) haben's dazu auch verbraucht.

Richard. Geld — ich wollte, ich hätt' es. Dann würde ich mir einen neuen Pelzmantel kaufen und die neue Prachtausgabe von . . . (Es klingelt.) Was ist denn das? Besuch?

Agnes. Wer denn? Nach acht! Unmöglich. Der Briefträger kann's auch nicht sein —

Richard. A! Die letzte Post kommt um sieben. Schau 'mal hinaus. (Agnes geht gegen die Thüre, man hört ein kurzes Klopfen, die Thüre wird aufgerissen. Sascha im Reisepelz, lebhaft, lachend.)

Sascha. Kinder, da bin ich. Werft ihr mich wieder hinaus?

Agnes. Sascha! Wo kommst du her?

Richard (gleichzeitig). So eine Freude! Legen Sie doch ab!

Sascha. Vom Bahnhof. Vier Wochen fort und soll mich ins Bett legen, ohne die kleine Agnes anzugucken. Sie auch, Richard, so nebenbei. Mädel, laß dich anschau'n. Bleich! Was hast du?

Richard. Geben Sie doch her! Gar nichts hat sie. (Nimmt ihre Sachen und geht hinaus.)

Sascha (ihm nachsprechend). Sie müssen's wissen.

Agnes. Und deine Koffer?

Sascha. Bahnhof geblieben. Werden morgen geholt. Ich seh' aus wie eine Wilde, nicht wahr? Zwölf Stunden auf der Bahn! Ah, meine Knochen! Könnt' ich mir nicht die Hände waschen?

Agnes. Gewiß. (Geht an die Schlafzimmerthür.)

Sascha. Soll ich mit?

Agnes (aus dem Zimmer heraussprechend). Es ist kalt und kein Licht. Ich bringe dir die Sachen heraus.

Sascha. Ah so — sie läßt nicht gern jemand in ihr Schlafzimmer. (Dehnt sich behaglich.) Wie gut es hier ist! Ich hab' das Gefühl — alles gehört mir, mir! Tisch und Stühle und Agnes und Richard — ich pack's in meine Schürze, wie das Riesenfräulein Bäuerchen und Pferde. Zum Spielzeug! Au! Wie mich das Corsett drückt —

Agnes (kommt wieder mit Waschbecken, Handtuch und Seife, stellt alles vor Sascha auf einen Rohrstuhl).

Sascha. Danke schön. (Sich die Hände waschend.) Gib mir einen Kuß, du lieber Schatz. Du hast mir gefehlt. Und Richard auch!

Agnes. Wir haben viel von dir gesprochen.

Sascha. Habt ihr mich hergewünscht?

Agnes. Ja — Richard.

Sascha. Du nicht?

Agnes. . . . Manchmal.

Sascha. Nur?

Agnes. Nimmst du mir's übel?

Sascha. Du dummer Goldkäfer. Ich mag deine Aufrichtigkeit. Ich kann 's leider nicht. Du — aber deine Seife ist schlecht. (Sie riecht an ihren Händen, während sie sie abtrocknet.)

Agnes (holt aus dem Buffet noch eine Theetasse, Teller und Besteck, setzt alles auf den Theetisch). Schlecht? Sie ist nicht parfümiert. Kann ich wegnehmen?

Sascha. Noch ein bischen abtrocknen.

Agnes. Das Handtuch kann ja dableiben. (Trägt Waschschüssel und Seife ins Schlafzimmer.)

Sascha (ihr nachschauend). Wie eine weiße Nelke. Mehr Duft als Farbe. Herb und heiß und süß. Der Richard kann sich die Finger ablecken.

Agnes (kommt wieder). Wo ist denn Richard hin verschwunden?

Sascha. Geht nicht verloren. Setz' dich her. Was habt ihr gemacht, während ich fort war? Ich muß alles wissen. Essen, trinken, schlafen, freuen — sag', sag', sag'!

Agnes. Ich weiß nichts. Vormittags arbeitet Richard. Nach Tisch geht er ins Café. Wenn es schön Wetter ist, macht er mit mir einen Spaziergang. Ein paarmal war er im Theater.

Sascha. Du nicht?

Agnes. Nein. Es kostet gleich so viel mehr.

Sascha. Soll er seltener gehen.

Agnes. Was fällt dir ein? Für ihn ist es nötig, die neuen Stücke zu sehen.

Sascha. Ach! Eher die alten. Hamlet ist immer noch besser als Nora. Warum sprichst du nur von Richard? Rede von dir.

Agnes. Ich rede nicht gerne von mir.

Sascha. Aber ich höre gern von dir. Fehlt dir auch wirklich nichts? Du hast so Ringe unter den Augen.

Agnes. Bin ganz gesund.

Sascha. Im Sommer mußt du fort. Am besten in ein Seebad.

Agnes. Das ist zu teuer.

Sascha. Du gehst mit mir.

Agnes. Nein, Sascha.

Sascha. Warum nicht?

Agnes. Weil ich — ich will mir nicht immer von dir schenken lassen.

Sascha (ist still, sieht sie an). Hast du mich nicht mehr lieb?

Agnes. Sascha — wenn du mich so anschaust — lieb, tausendmal lieb.

Sascha. Und thust mir weh mit deinem Hochmut.

Agnes. Ich bin nicht hochmütig.

Sascha. Doch. Ein bischen. Ich begreif's. Ich bin's auch vor den andern Leuten. Vor dir nicht. Und du sollst es nicht vor mir sein. Ich hab' dich ja lieb. Ich bin dir so dankbar, daß ich dich lieb haben darf.

Agnes (beklemmt). Gut bist du — viel besser als ich).

Sascha. Wenn's wahr wäre! Komm', setz' dich auf meinen Schooß. (Sehr schmeichelnd und liebenswürdig.) Liebe Agnes, gute Agnes, herzige Agnes, schau, für mich allein ist es im Seebad so langweilig. Die dummen Mannsbilder laufen mir nach, ich laß' mir's aus Langeweile gefallen, einmal bin ich zu liebenswürdig und einmal zu ungezogen, morgens kokett und abends grob. Es gibt Klatsch, Skandal, schlechten Ruf — ich fasse jede Nacht den Vorsatz, mich mit dem Tranchiermesser umzubringen, wenn der Braten nicht so gut wäre. Wenn du bei mir bist, geschieht all das nicht. Ein ehrbares Frauchen an meiner Seite, ich sticke einen Paravent und pudre nur meine Nase, weil die so leicht glänzt. Bitte, bitte, bitte!

Agnes. Du Kindskopf, jetzt sind wir im Februar. Ins Bad geht man doch erst im August. Da können wir noch lange drüber reden.

Sascha. Gut. Wollen wir Richard mitnehmen oder fortschicken?

Agnes. Fortschicken, fortschicken!

Sascha. Hm — ich hätte ihn lieber mitgehabt. Dann wär' alles wieder wie vor — wie lange ist's her, daß wir miteinander in Tirol waren? Vier Jahre?

Agnes. Ja — beinah'. Oder nein. Länger.

Sascha. Die Zeit! Es war so viel Freude in der Luft. Jedes von uns hatte ein Stückchen Sonne in der Tasche.

Agnes. Schön war es.

Sascha. Ach — und Papa war noch dabei. Freilich — so kann's nicht mehr werden. Der — der hatte auch so was Junges im Gemüt. Nicht, Agnes?

Agnes. Er war doch sehr ernst.

Sascha. Ja — aber er konnte so lachen, so aus dem Herzen lachen. Und lieb hat er mich gehabt! Dich auch. Und Richard auch.

Agnes. Er war sehr gut gegen mich.

Sascha. Das war doch natürlich. Er hatte alle seine Patienten gern. So ein armes Doppelwaislein. Und Richard auch ohne Eltern — mein Gott. Weißt du noch, unsere erste Bergpartie? Der feierliche Schwur bei Sonnenuntergang? Wir drei! Wir legten unsere Bergstöcke übereinander und gelobten mit gewaltigem Eid, uns treu zu bleiben — in Ewigkeit. Damit sich's reimt. Ja! wir waren sehr gerührt.

Agnes. Dein Papa machte der Rührung schnell ein Ende. Ausgelacht hat er uns.

Sascha. Uns nicht — Richard hat er ausgelacht. Weil dem die Rocktasche zerrissen war und aus der zerrissenen Tasche —

Agnes. Wie kannst du dich an so was erinnern?

Sascha. Was ist denn dabei? Ich muß mich ja heut' noch krank lachen, wenn ich dran denk'! Hat sich der Junge auf die Bergpartie Closetpapier eingesteckt. Wirkliches, feines, hellgelbes — o, o, o! So 'ne Idee!

Agnes. Sascha — aber — man redet doch nicht von solchen Dingen.

Sascha. Unter uns Pfarrerstöchtern... Na, wenn's dir so unangenehm ist — (sieht sich im Zimmer um). Ihr habt ja was anders? Ja richtig! Die Doppelthür! Was ist denn das für 'ne Neuigkeit? Sieht aus wie beim Zahnarzt. Warum denn?

Agnes. Wegen Richard. Er hört sonst jedes Geräusch, das hier im Zimmer gemacht wird. Und das stört ihn so.

Sascha. Braucht der Mensch einen Apparat! Nächstens wird er wattierte Rosenblätter verlangen, um d'rauf zu schlafen. Was macht meine Herzens= freundin Betty? Haßt sie mich immer noch?

Agnes. Ah — hassen!

Sascha. Sie kann mich nicht ausstech'n, das fühl' ich aus ihrem Grüß' Gott heraus. Macht nichts. Ich bin ihr gut. Wenn sie gegen Richard nicht Schwiegermutter spielt und dich nicht quält.

Agnes. Eigenheiten hat jeder Mensch. Und sie ist eine so treue Person, fleißig, sparsam —

Sascha. Agnes — mir fällt etwas auf. Spar= sam — das kostet zu viel, das ist zu teuer — wie oft hab' ich das heut' Abend von dir gehört? Drei=, viermal. Aufrichtig. Hast du Geldverlegenheiten?

Agnes. O — nein.

Sascha. O — nein ist o ja.

Agnes. Die unbegründeten Worte —

Sascha. Bei dir gibt's keine unbegründeten Worte. Siehst du, in den zwei Jahren deiner Ver=

heiratung hab' ich dich nie um Geldangelegenheiten gefragt. Ich wollte mich nicht einmischen, nicht taktlos sein. Jetzt — und wenn's zehnmal eine Taktlosigkeit ist — (Sie hat eine Brieftasche herausgezogen und nimmt eine Banknote heraus) da.

Agnes. Nein.

Sascha. Seien Euer Gnaden nicht so abweisend. Königliche Hoheit können mir's ja wieder geben. Ich flehe zu Euer Majestät, nehmen Sie den Fetzen.

Agnes. Nein, nein, nein. Ich thu's nicht. Quäl' mich nicht. Ich will dir sagen, was meine dummen Worte — die Papiere, in denen mein bischen Vermögen angelegt ist, sind gefallen. Dadurch bekomme ich weniger Zinsen.

Sascha. Sehr gut. Bis deine Papiere wieder gestiegen sind, borg' ich dir — hör' mich doch an — — borg' ich dir die tausend Mark.

Agnes. Ich will nicht.

Sascha. Du kannst mir Zinsen bezahlen. Wucherzinsen! Fünf Prozent! Ich will etwas an dir verdienen!

Agnes. Laß' die Komödie!

(Richard tritt ein mit einem Strauß leicht gebundener Rosen in der Hand.)

Agnes (auf ihn zu). Wo warst du denn?

Richard (schiebt sie bei Seite, geht mit einiger Feierlichkeit auf Sascha zu und überreicht ihr die Rosen).

Der kalte Lorbeer ward von fremden Händen
Genug dir dargebracht mit lautem Preise.
Ich darf dir heute warme Rosen spenden
Und meines Herzens Willkomm, er ist leise.

Sascha (ungnädig). Ach, Sie großer Festredner, was haben Sie Ihr Geld für gewärmte Rosen hinauszuwerfen. Da kostet jede mindestens fünfzig Pfennig. Und welchen Gärtner haben Sie denn um diese Mitternachtstunde aus dem Bett geklingelt?

Richard. War gar nicht nötig. Der Blumenladen neben dem Theater ist noch offen.

Agnes. Der Vers ist reizend. Wann hast du den gemacht?

Richard. Während ich die Treppe heraufging. Was ist da dabei...

Sascha. Die Reimerei? Hab' ich nur halb gehört. Die Rosen sind schöner.

Agnes. Schreib' ihn auf.

Richard (zieht sein Notizbuch). Wozu soll ich ihn aufheben!

Sascha (für sich). Er thut's wirklich. Warte du — (laut) Kinder, laßt jetzt die Versschreiberei. Ich habe Hunger.

(Alle drei setzen sich, Sascha in der Mitte, schenkt sich Thee ein.)

Richard. Nun müssen Sie uns eine Skizze Ihres Aufenthalts entwerfen.

Sascha. Bin zum Skizzieren, wie Herr Doktor sich auszudrücken belieben, nicht aufgelegt.

Agnes. Warum? War's nicht schön?

Sascha. Schön — ich bin mir vorgekommen wie ein bekränztes Nilpferd. (Trinkt) Brr — der Thee ist zu stark geworden.

Agnes. Laß' steh'n. Ich besorge anderen.

Sascha. Bitte nein. Ich hab' ohnehin keine Lust auf Thee. Weißt du, was ich möchte?

Agnes. Was?

Sascha. Ein Schusterweckl. Mit Butter.

Agnes (klingelt).

Richard. Da verdirbt man sich den Magen.

Sascha. Ich hab' mir noch nie den Magen verdorben.

Betty (kommt in die Thüre).

Agnes. Betty, hast du noch ein Schusterweckl?

Betty: Meins.

Agnes. Bring's herein. (Betty geht.)

Sascha (nachrufend). Bitte, meine Reisetasche auch.

Richard. Wollen Sie vielleicht noch einen Häring oder einen Schmierkäs — ich mache mir ein Vergnügen daraus, Ihnen diese vornehmen Gerichte zu verschaffen. Allein nachher...

Sascha. Bitten Sie um das Gemälde meines Aufenthaltes. Neugierig sind Sie wie ein Frauenzimmer. Paßt nicht zu Ihrer sonstigen Tugendhaftigkeit. Was soll ich denn... langweilig war's. Das einzige Interessante — drei neue Kleider hab' ich mir machen lassen. Reizend! Eins hat sogar in der Zeitung gestanden. Da war ich stolz darauf. Aus rosa crêpe crêpé —

Agnes. Rosa? Es stand doch gelber Sammt...

Sascha (lacht). Na, meinetwegen gelber Sammt...

(Betty kommt, stellt das Schusterweckl auf den Tisch, die Reisetasche rückwärts auf einen Stuhl und geht.)

Richard. Wie war's im Theater? Die Vorstellungen? Die Première? Ihr Stück?

Sascha. Lassen Sie mich mit meinem Stück in Ruh'!

Richard. Was? Es hat doch einen Riesenerfolg gehabt. Freut Sie das nicht?

Sascha. Nein. Ich habe kein Gefühl für den Erfolg. Ich habe keinen Ehrgeiz. Nach außen. Ob sie mich beklatschen oder auspfeifen — ich kann mir nichts dabei denken.

Agnes. Du bist eben noch nicht ausgepfiffen worden.

Sascha. O ja. Ich habe die Ehre gehabt. In der Première wurde nach dem ersten Akt gezischt. Das Direktorlein stürzte leichenblaß auf die Bühne, ich war allein in der Loge. Da drehte ich ganz vergnügt eine lange Nase in den staubigen Spiegel und hielt mir nach meiner schlechten Gewohnheit einen Monolog. Gerade der erste Akt ist der beste. Wahr ohne Absichtlichkeit und dadurch poetisch. Dann, als die Effekte dahertölpelten, als ich mit Entsetzen ein paar grobe Schnitzer gewahrte — da schrieen sie wie verrückt bravo. Der Regisseur zerrte mich heraus —

Richard. Wie oft sind Sie gerufen worden?

Sascha. Das weiß ich nicht. Geschämt hab' ich mich. Geweint hab' ich. Denn vor mir war ich durchgefallen.

Agnes. Ich begreife dich nicht.

Richard. Haben Sie dieser Meinung auch vor den Andern Ausdruck gegeben?

Sascha. Natürlich. Die haben meine Thränen für Freudenthränen gehalten und meine Aufrichtigkeit für Affektation. So was Geschmackloses. Kurz, ich habe mir versprochen, nie wieder einer Première von mir beizuwohnen.

Agnes. Bis die nächste an die Reihe kommt.

Sascha (steht auf). Die ist an der Reihe. Heute Abend geben sie im Residenztheater zum ersten Mal die Königskinder.

Agnes und Richard (springen auf).

Agnes. Aber nein!

Richard (gleichzeitig). Ah! Sascha — das ist unerhört! Die Königskinder! Ihre beste Schöpfung! Da wegreisen. Sie haben sich doch ein Telegramm bestellt?

Sascha. Nein.

Agnes. Das ist wirklich unrecht. Ich bin ganz aufgeregt.

Sascha. Ich gar nicht.

Richard (rennt in der Stube herum). Halb neun — ich laufe auf den Bahnhof und telegraphiere. Die Antwort kann bis elf da sein.

Agnes. Du nicht. Betty soll...

Sascha (leidenschaftlich und zornig). Pfui, schämt euch!

Agnes (gekränkt). Sascha!

Richard (verblüfft). Warum denn?

Sascha. Ihr seid g'rade wie die Andern. Kleinlich und albern. Die Königskinder sind gut. Das weiß ich. In mir weiß ich's. Das Urteil des Publikums kann ich bis morgen erwarten.

Agnes. Du bist sehr stolz. Warum läßt du deine Stücke überhaupt aufführen?

Sascha. Weil ich Geld brauche. Ich habe so gern viel Geld. Jetzt bekomm' ich einen ganzen Haufen. Wißt ihr, was ich thu'? Ich kauf' mir das Haus, in dem ich wohne.

Agnes. Dazu wirst du noch lange nicht genug haben.

Sascha (setzt sich). Wart' nur, bis zum Frühjahr hab' ich's. Oder ich leih' mir.

(Agnes setzt sich. Dann Richard.)

Sascha. Dann kann ich allein in dem herrlichen Park herumlaufen und die alten Schachteln aus dem ersten Stock ärgern mich nicht mehr mit ihren dünnen Nasen. Kinder, ihr bekommt den Hausschlüssel — damit ihr mich jederzeit überfallen könnt. Prächtig wird's. Mein Onkel streckt mir vor — was ich mag.

Agnes. Bist du nicht bös mit ihm?

Sascha. Ah — hab' ich euch das noch nicht erzählt? Das Fâché ist zu Ende.

Richard. Fâché — dürfte sich dafür nicht ein deutsches Wort finden lassen?

Sascha. Wir trafen uns in einer Soirée — in der — ich weiß nicht mehr, in welcher. Ich hatte mein — (sieht Agnes an) gelbes Sammtkleid an und sah aus, als ob ich hübsch wäre. Und so chic, als meine breiten Hüften es zulassen. Mein ewiger Kummer. Er ließ sich mir vorstellen. Ein vornehmer Bauernkopf mit graden, gleichmäßig breiten Augenbrauen und dickem weißen Haarpelz... Würden Sie gestatten, daß ich Ihnen morgen meinen Besuch... Ich lächelte sehr anmutig und impertinent. Es wird mir ein Ver-

güügen sein. Er kam und es begannen die herkömm=
lichen Erklärungen. Im Laufe der Jahre sei er ge=
neigt geworden, die Mesalliance seiner Schwester
milder aufzufassen. Er bedauere, nach ihrem frühen
Tode sich meiner nicht mehr angenommen zu haben,
bedauere auch den Tod meines Vaters — u. s. w. u. s. w.
Ich sehe meiner Mutter so ähnlich, ihr Bild sei gewiß
in meinem Gedächtnis eingegraben — natürlich sagte
ich ja. Wahr ist's nicht. Von ihrem Gesicht hab' ich
keinen Zug mehr in Erinnerung. Sonst — sie roch
stets nach Cigaretten und aß grünliches klebriges
Zuckerwerk. Heißt es nicht Ragat lucum? So was
Türkisches. Ich glaube. Und ihre Stimme weiß ich.
Eine weiche Raubvogelstimme. Ich begreife, daß mein
Vater sie geliebt hat. Sie muß etwas gehabt haben
wie die träge Süßigkeit eines schönen Tieres.

Richard. Das ist ein guter Ausdruck, den muß
man sich notieren.

Sascha. Na, davon redete ich meinem Onkel
nicht. Er kam auch darauf, daß, abgesehen von dem
Standesunterschied, die Ansichten des Doktor Korff zu
verschieden von den seinigen gewesen seien.

Richard. Das glaub' ich! Ein Freidenker wie
Ihr Vater!

Sascha. Ich erwiderte recht absichtlich, daß ich
ganz die Ansichten des Doktor Korff habe. Nur er
habe mich erzogen. Das war wieder geschwindelt.
Du weißt es, Agnes. Papa hat mich geradezu nicht
erzogen.

Agnes. Verzogen hat er dich.

3

Sascha. Er hat mich herumpatschen lassen wie ein junges Entlein.

Richard. Und es ist ein Schwan daraus geworden.

Sascha. Uebrigens gefiel mir der alte feine Herr sehr gut mit seinen naiven Vorurteilen und seiner ritterlichen Beschränktheit. Ich konnte mir nicht helfen, ich war schließlich sehr liebenswürdig, und als er ging, war er... war er... (lacht in ihre Hände).

Agnes. Was war er?

Sascha. Ich sag's nicht, ich sag's nicht! (Steht auf, geht umher.) Lalalalala... Er kam alle Tage, ich bekam von ihm Blumen, Blumen, Blumen.... sieh' mal, auch diese Perlenohrringe — aber geküßt hab' ich ihn nie!

Richard. Geküßt? Reden Sie doch klar!

Sascha (herumgehend). Gar nicht red' ich mehr. Kein Wort. Oder wollt ihr euch von mir etwas vorlügen lassen? Der Onkel geht nächsten Winter nach Petersburg zurück. Er hat mich eingeladen. Soll ich hin? Dort ist die Tante und — lieber Gott — in dem eisigen Petersburg kühlt man rasch ab. Wenn ihr nicht wär't, ich würde hingeh'n.

Richard (steht ärgerlich auf). Ich kann nicht umhin, zu bemerken, daß Ihre Reden einigermaßen der Deutlichkeit entbehren.

Agnes. Ich glaube, auch der Aufrichtigkeit.

Sascha (laut lachend). Ganz recht hast du nicht ein Wort ist wahr. Die Ohrringe hab' ich mir gekauft oder sie mir von jemand Ander'm schenken laſſen. Von einem jungen blaſſen verliebten Prinzen mit grünen Handſchuhen und gelben Augen ... Ach, warum hat ſich noch nie ein Prinz in mich verliebt — oder ein Schuſter!

Richard (iſt auf die andere Seite gegangen, trommelt ärgerlich auf den Nähtiſch).

Agnes. Du haſt 'was angeſtellt, Saſcha. Du biſt in einer böſen Stimmung.

Saſcha (zwiſchen Beiden ſtehend, fortwährend unter tollem Lachen). In einer böſen Stimmung? Luſtig bin ich! Wie der dicke Falſtaff! Das iſt mein Ideal! Lügen, freſſen, ſaufen und ... Ein göttliches Schwein! Ich möcht' ihn heiraten!

Agnes (voll Ekel). Ah!

Richard. Saſcha!

Saſcha (ſieht ſie rechts und links an, ſchüttelt ſich vor Lachen). Die glauben's! Die glauben's wahrhaftig! Ihr dummen Kinder, ich hätte ja gar nicht den Mut, ſo etwas zu thun. Leider! Meine Unanſtändigkeit iſt ſehr feig. Ich hätte ja nicht einmal die Courage, einen Packträger auf offener Straße zu küſſen!

Richard. Sie ſind eine pſychologiſche Merk=würdigkeit.

Saſcha (unangenehm berührt). Was? Wie? Pſycho=logiſche Merkwür— ich? Ich bin eine dumme Gans. Und Sie ſind nicht viel geſcheiter. Pſychologiſche Merk... Das Wort hat mich ganz aus der Stim=mung gebracht. Jetzt iſt mir's wieder ganz vernünftig. Und langweilig. Setzen wir uns. Erzählt mir was. Unterhaltet mich.

Richard. Ich habe von Paul Heyse einen Brief bekommen und ihm eine Antwort in Kettenreimen geschrieben.

Sascha. Ja, kenne das. Wie Sie meinen guten Papa 'mal angedichtet haben.

„Da fröhnt er seinem Kneiplaster,
Da raucht er seinen Leibknaster" —
Nie in meinem Leben brächt' ich so etwas zusammen. Wie kommen Sie zu der berühmten Correspondenz?

Richard. Der Briefwechsel wurde dadurch angebahnt, daß ich mir erlaubte, Heyse meine Gedichte zu senden. Er dankte in sehr liebenswürdiger Weise.

Sascha. Heyse ist immer liebenswürdig.

Richard. Wollen Sie den Brief sehen?

Sascha. Nein. (Gähnt.) Ist das die ganze Unterhaltung?

Richard. Ich habe ein paar neue Bekanntschaften gemacht im Café. Zwei Privatdocenten. Einer hat eine höchst interessante Doktorarbeit gemacht über Christian Wernicke. Kennen Sie ihn?

Sascha. Wernicke? Christian? Nein. Wo lebt er?

Agnes. Ueber lebende Leute macht man keine Doktorarbeiten. Christian Wernicke hat im siebzehnten Jahrhundert als Gesandter am dänischen Hof gelebt und sich viel mit Poesie beschäftigt.

Sascha. Beschäftigt — mit Poesie hat er sich? Das klingt schlecht. Hat sich die Poesie mit ihm beschäftigt?

Richard. Ich habe die Abhandlung über seine Epigramme da. Soll ich sie holen?

Sascha. Nicht einen Buchstaben! Richard, ich bin sehr unzufrieden mit Ihnen. Sind Sie denn nicht im stande, diese verdammte Literatur los zu werden? Ich lasse mir von Ihnen erzählen. Sie fangen mit Paul Heyse an und hören mit Christian Wernicke auf. Correspondieren Sie doch lieber mit Ihrer Waschfrau, verkehren Sie mit ein paar jungen Rüpeln und Taugenichtsen, und anstatt Doktorarbeiten zu lesen stecken Sie Ihre Nase ins grüne Gras und schauen Sie zu, wie die Käfer von den Stengeln purzeln.

Agnes (ironisch). Im Winter?

Richard. Wenn es aber nicht in meiner Natur liegt —

Sascha. Dann müssen Sie's in Ihre Natur hineinlegen. Alles haben Sie aus zweiter Hand. Leben und Kunst. Sie denken über das Leben und lesen über die Kunst. Immer an den Leitungsröhren, nie an der Quelle. Was ist das für ein unjugendliches Uebereinandergehocke mit Menschen, die angezogen sind wie Sie, essen wie Sie, gebildet sind wie Sie — lieber möcht' ich Sie in ein Zuchthaus stecken. Da könnten Sie ein Dichter werden. In Ihrem literarischen Kaffeehaus werden Sie höchstens ein Schriftsteller und das ist, weiß Gott, was Jämmerliches.

Agnes. Was bist du denn?

Sascha. Ich weiß nicht. Ich denke nicht über mich nach. Ich kann eben das Schreiben so wenig lassen wie das Essen. Sagen Sie mir, Richard, wie entsteht Ihrer Ansicht nach ein Kunstwerk?

Richard (nach einigem Nachdenken). Wenn inneres Erlebnis und äußere Erfahrung in den Brennpunkt einer starken Begabung treten, so entsteht ein Kunstwerk.

Agnes. Das halte ich für sehr gut.

Sascha. Mir ist dieser schöne Satz nicht ganz klar. Meine Meinung ist: Man muß etwas zu sagen haben.

Richard. Was die Welt hören will.

Sascha. Oder was sie nicht hören will.

Agnes. Die Wahrheit.

Sascha. Ach was, Wahrheit, Lüge, Tugend, Laster, das sind Begriffe und mit den Begriffen geht gleich die Tendenz los. Darum kümm're ich mich nicht. Mit den Dingen hab' ich's zu thun, mit den Menschen. Was für Ohrläppchen einer hat und wie er Au schreit, wenn er sich in den Finger schneidet — oder in's Herz. So sollten Sie es auch machen. Ihre letzte Novelle wimmelt von Unnatürlichkeiten.

Agnes. Aber die Idee ist doch so rührend, so echt menschlich —

Sascha. Vor allem haben Sie sämtliche Namen schlecht gewählt. Einer ausgefallener wie der andere.

Agnes. Das ist Kleinigkeitskrämerei.

Sascha. Die Erde ist auch aus Atomen zusammengesetzt. Sollt gleich einen größern Brocken haben. Der Maler wirft seiner Frau Untreue vor. Sie fällt auf einen Stuhl und ruft aus: „Zuviel, zuviel!" Das ist mir zu wenig. Da müssen Sie aus der wehen Seele des unschuldigen Weibes heraus ein Wort finden, einen Laut, einen Schrei —

Agnes. Man kann doch einen Schrei nicht schreiben!

Sascha. Aber man kann ihn fühlen! Und... und... und muß dieses — dieses Gefühl so — in die dichterische Darstellung bringen, daß es auf den Leser übergeht. Man muß überhaupt viel mehr von seinen Menschen wissen, als man ausspricht. Sagen Sie mir doch, was hat Ihr junges Mädel in der Geschichte da für — für Fußzehen?

Richard. Fuß—zehen?

Sascha. Da haben wir's. Sie sehen Ihre Menschen immer nur in grande toilette, niemals nackt. Darum sind Ihre Schilderungen schlechte Tageswaare. Das nächste Jahrzehnt wirft sie in den großen Papierkorb.

Richard (sieht stumm vor sich nieder. Einen Augenblick Schweigen).

Sascha (schaut ihn ein wenig ängstlich an). Ach — Sie — Richard — sind Sie mir böse?

Richard (leise). Böse?

Sascha. Mir?

Richard. Mir bin ich böse!

Agnes (mit leichter Bitterkeit zu Sascha). Du kannst recht hart sein. (Zu Richard) Nimm dir's nicht so zu Herzen. Du hast...

Richard (schiebt ihre Hand weg).

Sascha (nimmt seine beiden Hände). Ich habe Sie sehr lieb. Sonst hätt' ich Ihnen nichts gesagt. Ich habe auch Ihre Begabung lieb. Ich halte mehr davon, als Sie wissen. Sonst würd' ich sie nicht so herunterputzen. Ungeschickt bin ich, meine Gedanken stolpern, bis sie aus dem Kopf in den Mund kommen — ist Ihnen das etwas Neues? Ich bin eben ein dummes Ding.

Richard (küßt ihr die Hand). Sie sind... Liebe Sascha, ich bin nicht traurig über Ihre Zurechtweisung. Ich bin traurig über mich — über meine innere Kleinheit. Weil ich mit bitterstem Schmerz erkenne, was mir fehlt, und nicht weiß, ob ich es je erringen werde. Allein wenn reines Streben und eiserner Fleiß mir die goldenen Paradiesespforten erschließen kann, wenn die Hingebung meines ganzen Lebens — wenn ich — so will ich — werd' ich — es wird ein Tag — und — ach was, ich danke Ihnen und will mich bessern.

Sascha (zu Agnes). Du — er ist doch der netteste Mensch auf der ganzen Welt.

Richard (sieht auf seine Uhr, etwas ruhiger als vorher und sehr liebenswürdig). Ich höre aus weiter Ferne donnernden Applaus. Die Königskinder müssen zu Ende sein. Jetzt trinken wir noch ein Glas Wein und lassen Sascha leben.

Sascha. Nein, Kinder. Ich fange an, meine Reise zu spüren. Kopfweh. Und todmüde. Laßt mir einen Wagen holen.

Richard. Wär' die frische Luft nicht besser für Sie? Ich will Sie gerne begleiten.

Sascha (sieht durchs Fenster). Die Nacht ist schön. Ja. Nein. Sie sollen bei Agnes bleiben.

Richard. Deswegen! (Klingelt.)

Agnes (zu Richard). Wirst du dich nicht erkälten? Du gehst sonst nicht gerne so spät in der Nacht aus.

Sascha. Meine Reisetasche — die laß' ich morgen durch das Mädchen holen.

Richard. Natürlich. (Betty kommt.) Bringen Sie den Mantel für das gnädige Fräulein und meinen Ueberrock.

Sascha (gleichzeitig zu Agnes). Du mußt die Tasche heut' Abend noch auspacken. Es ist was drin — Spielereien für dich und Richard.

Agnes. Hast du schon wieder die Schenkwut?

Sascha. Lauter Fünfzigpfennig-Waare. Sollst dich nur ein bischen damit freuen. Nicht Richard sagen. Sonst quält er mich unterwegs.

Richard (der zum Fenster hinausgesehen hat). Das ist ein Sternenhimmel! Eigentlich sollte man auf die Sternwarte.

Sascha (sieht auch heraus). Als Kind bildete ich mir ein, die Sterne wären die goldenen Füßchen der Engel.

(Betty kommt mit den Kleidern. Agnes hilft Sascha Mantel und Kapuze anziehen.)

Sascha. Manchmal glaub' ich's heut' noch.

Agnes. Na, mit deiner Frömmigkeit ist es nicht weit her!

Richard (lacht.) So ein bischen künstlerisches Christentum. So lang' ich Sie kenne, waren Sie nicht in der Kirche.

Sascha. O ja. Aber nicht in unserer. Die protestantische Langweiligkeit — in die katholische geh' ich.

Weißt du, das Neblige vom Weihrauch — die Muttergottes im blauen Mantel und das Christkindlein, das so große Augen macht — ach, süß! Fertig, Richard?
Richard. Gleich. Agnes, binde mir das Tuch zu. (Agnes bindet ihm das Tuch um den Hals.)
Richard. Morgen ist Sonntag. Sie kommen doch zu Mittag?
Sascha. Sehr gern — wenn es Agnes recht ist.
Agnes (tritt von Richard zurück). Selbstverständlich.
Betty (leise zu Agnes). Da langt das Huhn nicht.
Sascha. Ah, meine Rosen. Die muß ich doch mitnehmen. (Küßt Agnes.) Gut' Nacht, Schatz. Verzeih', wenn ich ihn zu rauh angefaßt habe. Ich habe nun 'mal so große Pratzen. Deine kleinen Händchen werden's schon wieder gut machen. Dank' für den Abend. Wohl war mir's. Wir gehören eben zusammen. Wir drei. Gut' Nacht. (Sie geht voraus, Agnes, Richard, Betty folgen. Die Thüre bleibt offen. Richard küßt Agnes leicht auf die Stirne.
Richard. Gute Nacht, Agnes. Bleib' nicht auf, bis ich heimkomme.
Agnes (kommt zurück, schließt die Thüre, läuft aus Fenster, sieht hinunter. Geht langsam vom Fenster fort bis in die Mitte der Stube). Drei ... Wir drei ...

## Zweiter Akt.

### März.

(Dasselbe Zimmer in Vormittagsbeleuchtung. Der Tisch ist mit einem weißen Tuche bedeckt. Verschiedene Geschenke liegen darauf. Drei ledergebundene Bücher, zwei helle Cravatten, ein paar Handschuhe, ein Kästchen mit Cigarren, ein paar gestrickte Strumpfbänder, eine Torte mit drei dicken Lichtern. Blumen. Man sieht, daß Alles bereits betrachtet und ohne weitere Ordnung wieder hingelegt worden ist. Agnes in einem einfachen grauen Kleid, blaß und unruhig, geht im Zimmer hin und her. Draußen wird geklingelt.)

Betty (kommt mit einem sehr großen Packet und einem Briefchen). Eine Empfehlung von der Sascha. Sie schickt das für den Herrn Doktor seinen Geburtstag und gegen Mittag wird sie selber kommen.

Agnes (ruft). Richard!

(Betty gibt ihr Packet und Briefchen.)

Agnes (legt das Briefchen auf den Tisch, entfernt die Schnüre von dem Packet). Richard!

Betty (im Gehen). Der Herr Doktor wird nicht hören — wegen der Doppelthür'.

Agnes. Ah so. (Macht die Polsterthür auf, klopft.) Richard, Sascha hat hergeschickt.

Richard (sehr hastig herauskommend). Endlich!

Agnes (hat das Papier von dem Packet entfernt, nimmt eine große Photographie der Sixtina heraus). Oh, das ist wundervoll.

Richard (mit einem flüchtigen Blick). Schön. Sehr schön. Hat sie nichts sagen lassen? Kommt sie nicht?

Agnes (auf das Briefchen weisend). Da.

Richard (reißt den Brief hastig auf, liest):

22. März.

Ich wünsche Ihnen ein großes Erlebnis und die Kraft, es zu ertragen.

Sascha.

Agnes. Wie? Ein großes Erlebnis —

Richard. Und die Kraft, es zu ertragen.

Agnes. Sonderbarer Geburtstagswunsch. Wem wünscht sie das? Dem Menschen oder dem Dichter?

Richard (gedankenvoll vor sich hinschauend). Vielleicht allen beiden. (Legt den Brief in sein Notizbuch.)

Agnes. Ich gehe später fort. Soll ich dir etwas mitbringen?

Richard. Kommst du an der Staatsbibliothek vorüber?

Agnes. Nein.

Richard. Ich hab' mir da 'n paar Bücher aufgeschrieben... Kannst du nicht hingeh'n?

Agnes. Wenn es nicht sein muß — die Treppen dort sind so hoch. Ich bin so müde.

Richard. Müde — freilich — dann nicht. Ich hätte zwar gerne — kannst du wirklich nicht?

Agnes. Wirklich nicht, Richard.

Richard (sieht sie an). Was ist denn das für ein altes Kleid? Das paßt gar nicht mehr... viel zu weit. Wie kannst du das heute anzieh'n?

Agnes. Mir ist nicht ganz wohl. Ich wollt' es bequem haben.

Richard. Nicht wohl? G'rade an meinem Geburtstag? Was fehlt dir denn?

Agnes. Ach — unbedeutend. Bis morgen wieder gut.

Richard. Ja — hoffentlich. Du hast ja eine gute Gesundheit. Gehst du zum Arzt?

Agnes (mit Anstrengung). ... Vielleicht.

Richard. Da kannst du ihm gleich sagen, daß meine Kopfschmerzen in der Nacht besser sind. Ob ich das Brom noch weiter nehmen soll. (Es klingelt.) Sascha! Bin ich ordentlich, Agnes? Die Cravatte? Der Kragen?

Agnes. Ganz gut.

Richard (läuft hinaus).

Agnes (ihm nachschauend). Wenn er sich noch ein ganz klein wenig Mühe gibt — (schüttelt den Kopf) wirklich — ich bin krank. Weil ich nicht weiß — oh — das müßte alles gut machen.

Richard (kommt zurück, ärgerlich, einen Brief aufreißend). Von Meerhoff. „Sehr geehrter Herr, ich bitte Sie nochmals..." (Liest halblaut murmelnd weiter.)

Agnes. Was will er denn?

Richard. Die alte Geschichte. Ob ich nicht doch auf seinen Vorschlag eingehe. Morgen reist er. Er will mir sogar ein kleines Honorar bewilligen — Mag nicht! (Zerreißt den Brief und wirft ihn vor den Ofen.) Es muß ja gleich elf Uhr... Sie könnte wirklich schon da sein.

Agnes. Sie wird wieder mit dem Haus was zu thun haben... Seit sie das gekauft hat — weißt doch! Sie läßt sich ja alles neu einrichten — Rococo. Mich wundert's, daß sie das Geld dazu hat.

Richard. Mich nicht. Die beiden Stücke werden jetzt überall aufgeführt. Ach — erinnere mich — daß ich ihr die letzten Kritiken gebe — sie kümmert sich um gar nichts.

Agnes. Wenn sie nur keine Schulden macht.

Richard. Und sie kommt nicht! Nein — manchmal hat sie eine Rücksichtslosigkeit gegen ihre besten Freunde...

Agnes. Lauf' doch nicht so ungeduldig herum...

Richard. Heute, wo ich dreißig Jahre alt geworden bin.

Agnes (am Tisch). So schön hab' ich ihn dir binden lassen... den Schopenhauer... hast dir's schon angesehen? Gestern Abend hab' ich d'rin gelesen.

Richard. Du... in —?

Agnes. Jawohl. In Parerga und Paralipomena. Ueber die anscheinende Absichtlichkeit im Schicksal des Einzelnen.

Richard. Wie bist du denn gerade darauf gekommen?

Agnes. Ja wie — weißt du — man denkt so — man denkt so an sein eig'nes Schicksal. Man kann sich da übersetzen... über die anscheinende Absichtlichkeit in meinem Schicksal.

Richard. Schicksal, Schicksal — das Wort geht doch nicht für alle Tage.

Agnes. So? Ich meine gerade...

Richard. Ich habe ja nichts dagegen, wenn du deine Bildung zu bereichern suchst. Aber das — verstehst du es denn?

Agnes. Freilich nicht alles — und man muß sich anstrengen. Aber das thu' ich gern. So jeden Satz zergliedern — und wieder überlegen und wieder — bis man's heraus hat. Wenn ich was Poetisches les', hab' ich gar keine Mühe. Dafür freut's mich auch nicht so.

Richard (mit Wohlgefallen). Hat die Kleine ein kluges Köpfchen! Will dich 'mal prüfen. Hast du von dem Gelesenen was behalten?

Agnes (glücklich und belebt über sein Interesse). Ich glaube schon — Einiges — was einen besonders anspricht — weil man's auf sich beziehen kann. Zum Beispiel: So fliehen wir vor den Streichen eines Weltthrannen zum andern, indem wir vom Zufall an den Irrtum appellieren.

Richard (mit einem Seufzer). Ja — vom Zufall an den Irrtum. Fast wörtlich weißt du's — gutes Gedächtnis.

Agnes. Aber das hat mich noch viel nachdenklicher gemacht: ob ein vollkommenes Mißverhältnis zwischen dem Charakter und dem Schicksal eines Einzelnen möglich ist?

Richard. Nun — wofür hast du dich entschieden?

Agnes. Ach Gott — es macht einem so bange — es kommt wahrscheinlich heraus, daß man an

Vielem selbst schuld ist — aber was ist denn „Charakter"?

Richard (belehrend). Siehst du, mein Kind, da haben wir es mit dem empirischen und dem intelligiblen Charakter —

Agnes. So viele Fremdwörter kann ich mir nicht merken, wenn ich sie mir nicht aufschreibe. Ich möcht' lieber wissen, ob mein Charakter mich beschränkt oder frei macht.

Richard. Frei macht — du bist noch sehr kindlich in deinen Anschauungen! Der Mensch hat gar keine Freiheit. Tugend und Laster sind Produkte wie Vitriol und Zucker.

Agnes. Das hab' ich schon 'mal gelesen wo.

Richard. Der Mensch ist das, wozu die Geburt und die Erziehung ihn gemacht haben. Die Umgebung, die Eindrücke —

Agnes. Und sein Willen?

Richard. Der Mensch hat keinen Willen oder vielmehr nur einen scheinbaren. Seine Individualität ist ihm von den Verhältnissen vorgeschrieben. Und er kann nicht ein Haar breit darüber hinaus.

Agnes. Aber sag' nur — dann könnt' man auch Niemand verantwortlich machen — für das, was er thut?

Richard. Gewiß nicht.

Agnes. Bequem wär' das.

Richard. Im tiefsten Grund gibt es weder Verdienst noch Schuld.

Agnes. Das versteh' ich nicht.

Richard. Ueberleg' einmal. Was kann Sascha für ihre wunderbare Phantasie?

Agnes (schmerzlich berührt, gleichsam aufwachend). Ja — sie — laß gut sein. Ich versteh's doch nicht.

Richard (eifrig fortfahrend). Eine Phantasie, die jede kleinste Begebenheit des Lebens emporträgt — auf goldenen Flügeln zum Tempel der Kunst. Ich habe auch Phantasie — aber lange nicht so stark beflügelt. Das liegt von Geburt an in einem Unterschied der Gehirnfasern, später in dem Unterschied der Eindrücke, nach welchen sich die Funktion der Gehirnfasern verändert — Ist es meine Schuld? Ihr Verdienst? (Es klopft.)

Agnes (nachdenklich, gedrückt). Ich habe gar keine Phantasie. Ich könnte mir nicht die kleinste Geschichte ausdenken.

(Sascha macht die Thür auf, bleibt einen Augenblick stehen, hört Richards folgenden Satz.)

Richard. Ich vertrete den Standpunkt, daß jedes lebende Geschöpf einen bestimmbaren, aber keinen bestimmenden Willen hat.

Sascha. Das soll mir einer sagen!

Agnes. Ah — grüß' dich Gott.

Richard (gleichzeitig). Ich hab's kaum mehr erwarten können.

Agnes (gleichzeitig). Hast du nicht geklingelt? Und abgelegt?

Sascha. Draußen. Betty stand g'rade unter der Thür und verhandelte mit der Gemüsfrau. Du, die hat wunderschönes Blaukraut. Ich hab' mir gleich bestellt. Mein Brief ist . . .

Richard. Ja — und das herrliche —

Sascha. Ich geh' auf der Stelle, wenn Sie eine Silbe davon reden. Da ist noch was. Der Hausschlüssel. Schauen Sie, wie sinnreich. Der große Bart sperrt das Gartenthor und der kleine die Hausthüre. Schön merken. Da. Und was in meinem Brief steht — mehr hab' ich Ihnen nicht zu sagen. (Setzt sich mit Agnes.) Oder doch . . . nichts Neues. Ich habe Sie sehr — lieb.

Richard. Ich weiß es. Und freue mich immer, wenn ich's wieder höre. Es ist mir dann . . .

Sascha. Nur nicht gerührt werden. Nur nicht sentimental. Was haben Sie für reizende Sachen bek — sogar ein paar Strumpfbänder. Gelb und lila — von Betty, nicht wahr?

Agnes. Betty hat sie gestrickt.

Sascha. Echt Betty'scher Geschmack. Hat sie die Torte gebacken? Mm — der schöne Guß! Krieg' ich ein Stück?

Agnes. Das allergrößte.

Sascha. Das allergrößte muß es nicht sein. Aber ich möcht' was thun. Was Unartiges. Nur so 'ne kleine Nuß herunternaschen? Darf ich?

Richard. Alle, wenn's Ihnen Vergnügen macht.

Agnes. Iß nur —

Sascha (hat eine Nuß genommen und knabbert daran). Alle — das würde mir gar kein Vergnügen machen. So eine einzige gestohlene — das ist lustig. Was habt ihr heute schon gemacht an diesem heiligen Geburtstagsvormittag?

Agnes. Richard war ungeduldig, daß du so lange nicht kamst — schrecklich ungeduldig.

Sascha. Es hat mich nicht losgelassen.

Richard. Los — wer?

Sascha (zieht ein paar stark zerknitterte Blätter aus der Tasche). Die Schreiberei. Das.

Richard. Sehen — darf man?

Sascha. Später. Es ist noch so frisch gebacken. Und ich bin froh, daß ich's vom Hals habe. Das war eine Schinderei! Eigentlich möcht' ich das ganze Geschmier in den Ofen stecken. Drei Nächte konnt' ich nicht schlafen, so hat mir das Zeug im Kopf herumgepoltert.

Agnes. Ein Gedicht?

Sascha (seufzend). Ja — Verse. Nicht so schön wie die von Richard. Etwas stolp'riger. Ich hab' kein Formtalent.

Richard. Sie haben Inhaltstalent. Was fang' ich mit den schönsten Versfüßen an, wenn ihnen der Kopf fehlt?

Sascha. Richard, seien Sie nicht so geistreich. Ich bin heute so dumm, daß Sie gar nicht einfältig genug mit mir reden können.

Agnes (hat auf ihre Uhr gesehen, steht auf). Du mußt mich für eine halbe Stunde entschuldigen. Ich habe einen notwendigen Gang. Es wird nicht lang dauern.

Sascha. Bitte, bitte. Ich weiß nicht, ob du mich noch treffen wirst. Die Feuerbeschau kommt Mittag zu mir. Da muß ich daheim sein. Man hat

4*

als Hausbesitzerin so viel Unannehmlichkeiten. Vorläufig ärgere ich mich alle Tage.

Richard. Sie haben sich's doch gewünscht —

Sascha. Ja — das Haus und den Garten — aber nicht, daß die Hundshütte repariert werden muß — und die Dachrinne gelötet. Und dann kommen die Handwerker nicht —

Richard. Würde, Bürde.

Sascha (zu Agnes). Hast du nicht eine Handarbeit für mich? Mein Kopf ist so müde, ich bin wie im Dusel. Da wurstl' ich gern etwas mit den Händen.

Agnes. Ich hab' gar nichts als zerrissene Strümpfe.

Sascha. Stopfen — o weh. Das kann ich schlecht. Note drei auf vier. Na, probieren wir's. (Geht an den Nähtisch, nimmt einen der dort liegenden Strümpfe.) Gar Zwillichstopf? Weißt du, bei großen Löchern mach' ich den nicht.

Agnes. Ich bin dir sehr dankbar, wenn du mir die unangenehme — mach', was du willst, Zwillichstopf oder gewöhnlichen. Hier sind englische Stopfnadeln.

Richard. Schwindel! Sind gut deutsche.

Sascha. Viel werd' ich nicht fertig bringen.

Agnes (küßt sie). Leb' wohl.

Sascha. Leb' wohl, Schatz ... Hm, das darf ich nicht sagen, das muß ich ihm überlassen.

Agnes. Schatz? Der mag das Wort nicht.

Sascha. Das mag er nicht? Sie Dummer! Ich wollt', ich hätt' einen „mein Schatz".

Richard (zu Agnes). Mußt du nicht gehen, Kind? Du triffst den Doktor nicht mehr.

Agnes. Geh' schon. Adieu, adieu.

Richard (begleitet Agnes hinaus).

Sascha. Ob er sie küßt?

Richard (tritt wieder ein).

Sascha. Nicht bis an der Thür kann er gewesen sein. (Zu Richard.) Schon?

Richard (nicht verstehend). Wie?

Sascha (mit einem Blick gegen den Himmel). Begreift nicht! — Ich meine, daß Sie so schnell wieder da sind.

Richard. Was hätt' ich denn thun sollen?

Sascha. Länger Abschied nehmen.

Richard. Wegen einer halben Stunde!

Sascha. Mein Mann sollten Sie sein — Wo ist denn die Scheere — ah — da.

Richard (steht seitwärts, schaut auf sie herunter). Was haben Sie für schöne Hände.

Sascha. Viel zu groß. Und die Nägel zu breit angewachsen. Agnes hat entzückende Hände. Besonders die Linke. Zwischen dem vierten und fünften Knöchel ein Grübchen — herzig.

Richard. Hab' ich gar nicht bemerkt.

Sascha (wendet den Kopf halb zu ihm). Haben Sie vielleicht die Gnade, zu wissen, was für Haare Ihre Frau hat?

Richard. O ja. Hellbraun. Lockig.

Sascha (wieder arbeitend). Richard — mit Ihnen hab' ich mich blamiert.

Richard. Mit mir?

Sascha. Ich hab' mir Ihre Ehe ganz anders vorgestellt.

Richard. Wir sind doch sehr glücklich.

Sascha. Sehr glücklich! Wie sad Sie das sagen! Sie sind zwei Jahre verheiratet, Sie sollten unsinnig glücklich sein, rasend, toll.

Richard. Sie rechnen nicht mit den Naturen. Agnes ist nur für ein ruhiges Glück geschaffen. Sie ist nicht leidenschaftlich.

Sascha. Sie Hans Taps! Ich kenne Agnes länger, und wie ich sehe, besser als Sie. Agnes ist klug, sogar kühl, in allem was nicht mit ihrem Gemüt zusammenhängt. Ihr Gemüt hat mehr leidenschaftliche Zärtlichkeit als — hätt' ich sie Ihnen sonst herausgesucht! (Schlägt sich auf den Mund.) O ich Schaf!

Richard. Ist da etwas Schlimmes dabei, daß ich Agnes durch Sie lieben gelernt habe?

Sascha. N—ein. Nur denke ich manchmal, es wäre besser, Sie hätten Agnes durch sich lieben gelernt. Gelernt, gelernt! Das schokiert mich.

Richard. Ich hätte nie eine Frau genommen, die nicht Sie mir —

Sascha. Das fand ich auch ganz in der Ordnung — damals. Sie gefielen mir so gut. Gleich als ich Sie das erste Mal in Papa's Wartezimmer sah. Wissen Sie noch? Sie bildeten sich ein, Sie hätten die Schwindsucht.

Richard. Nun — ich bitte Sie — meine Mutter war sehr brustleidend.

Sascha. Und Sie hatten eine Angst um Ihr liebes Leben. Papa erzählte mir's — abends — er erzählte mir immer von der Sprechstunde. Kamen oft Leute zu ihm! Mit Krankheiten! Pfui! Häßlich!

Richard. Das hat er Ihnen auch erzählt?

Sascha. Na — nicht so ganz. Namen hat er nie gesagt. Nur bei Ihnen. Das war ja nichts Schlimmes. Und er wollte Sie einladen. Dem Jungen muß man die Grillen vertreiben, sagte er.

Richard. Wenn ich so über die Jahre zurückdenke —

Sascha. Ja, wir sind arg alt geworden.

Richard. O — wir fangen doch erst an zu leben.

Sascha. Ich komme mir vor wie altes Heu. Ich bin eine weise alte Tante geworden, aber Sie — Sie sind immer noch ein Baby. Wie damals! Waren Sie hübsch! Und anständig! Sie sahen aus, als hätten Sie noch nie ein Stubenmädchen auf der dunkeln Treppe geküßt.

Richard. Ich habe die schönsten Stunden meines Lebens —

Sascha. Sie lasen mir Ihre Verse vor und ich fühlte mich verpflichtet, Ihre Freundin zu werden.

Richard (leise, bewegt). Meine Freundin.

Sascha. Oder gefielen Sie mir nur deshalb, weil Sie mich anbeteten? Ich bin auch eitel ... Ich hatte nur eine Angst: daß Agnes Sie nicht lieben würde. Da hätte ich nichts machen können.

Richard. Warum? Agnes ließ sich doch von Ihnen leiten wie von einer älteren Schwester — mehr.

Sascha. Hm — Agnes hat Eisen in sich. Ich hatte schon damals den Gedanken, daß ein großes Erlebnis Ihre Begabung aufwecken müßte — aus ihrem Dornröschenschlaf.

Richard. Ich habe aber kein Talent, etwas zu erleben. Wenn ich einmal in die Hölle komme, ist sicher gerade ausgekehrt worden.

Sascha. Und wenn Sie in den Himmel kommen, machen Sie die Augen recht fest zu, um nicht geblendet zu werden. Sie sind im Himmel, Sie haben Agnes —

Richard. Glauben Sie, ich weiß es nicht zu schätzen? Ich bewundere ihren Charakter, ihre Aufrichtigkeit, ihren Verstand. Erst heute Morgen hat sie mich in Erstaunen gesetzt. Sie hat Schopenhauers Aufsatz gelesen über die anscheinende Absichtlichkeit im Schicksal des Einzelnen. Und sie versteht, was sie liest.

Sascha. Sie haben's weit gebracht! Es wäre viel besser, sie verstände nicht, was sie liest. Jetzt liest sie den alten zänkischen Schopenhauer. Und wie häßlich der ist! Für mich hat Schopenhauer eine Häßlichkeit — die schlecht riecht.

Richard (lacht).

Sascha. Da ist nichts zu lachen. Schauen Sie sich Plato's Kopf an. Der gefällt mir. Da habe ich jedesmal die ganze Nase voll ambrosischen Duftes.

Richard. Sie haben eine besonders feine Nase. Wir können es Ihnen darin so wenig gleichthun wie in vielem Andern.

Sascha (legt den Strumpf in das Nähtörbchen, faltet die Hände in den Schoß, sieht Richard an, der ihr gegenüber steht). Ja Richard — sind Sie denn wirklich so blaß innerlich, so blutarm —

Richard. Wie meinen Sie das?

Sascha (steht auf). Muß man Ihnen denn die Holzklötze an den Schädel werfen, bis Sie etwas merken! Warum sind Sie nicht bis über Ihre beiden Eselsohren verliebt?

Richard. Verliebt — in wen?

Sascha. In Ihre Frau! Sie bewundern ihren Geist, bewundern Sie lieber ihren Körper! Anstatt — anstatt über Schopenhauer mit ihr zu reden, küssen Sie sie halbtot, bis sie nicht Besinnung, Sprache oder Atem mehr hat. Mensch! Rührt sich denn nichts in Ihnen? Von dem — von der Gottesnarrheit der Sinne, daß Sie ein junges, biegsames, weiches Weib neben sich herlaufen lassen, als hätten Sie nicht Lippen noch Arme? ... So — nun hab' ich Ihnen 'was recht Unanständiges gesagt. Mach' mir aber gar nichts daraus.

Richard (blaß, erregt, halblaut). Sie könnten einen verrückt machen.

Sascha. Zum Mann will ich Sie endlich machen. Sie können doch nicht ewig ein feiner, talentvoller, angenehmer Junge bleiben. Es drückt mich schon eine gute Weile. Jetzt hab' ich's heraus. Fertig ... keinen Kopf gemacht!

Richard (setzt sich auf das Sopha). Ich hätte Lust, zu weinen.

Sascha. Was, was, was! So'n großer Bengel. Da, lesen Sie mein Gedicht.

Richard. In meiner Stimmung! — Ich kann nicht... Ach, ist mir die ganze Welt zuwider!

Sascha. Seien Sie froh, wenn Sie nicht der ganzen Welt zuwider sind. Lesen Sie nur.

Richard (weist auf das Blatt). Ich bitte Sie! Soll einer klug werden... Ausgestrichen — wieder ausgestrichen — d'rüber geschrieben —

Sascha (kleinlaut). Ich habe gemeint, Sie klauben sich's schon heraus —

Richard. Nein. Das ist nicht möglich. Wenn Sie's abgeschrieben haben.

Sascha. Das kann lang dauern. Abschreiben ist nicht mein Plaisir.

Richard (springt auf, geht im Zimmer herum). Also — einstweilen — erzählen Sie mir den Inhalt.

Sascha (setzt sich langsam an seinen Platz). 'ne rechte Teufelei. Ein Frauenzimmer kommt d'rin vor — u:!

Richard. Schlecht?

Sascha. Na!! Eigentlich nichts für wohlerzogene junge Herren —

Richard (heftig). Thun Sie doch nicht, als ob ich noch im Wickelkissen läge

Sascha. Er beißt! O weh, er beißt!

Richard. Was ist's mit dem Frauenzimmer?

Sascha. Schön ist sie. Eine schöne Dirne. Aber eine, die ihre Schmach trägt wie eine Krone. Denken Sie sich       so ein Geschöpf aus Weiß und Gold — eine glühende feuchte Nacktheit unter'm Nachthimmel — ganz Trunkenheit und ganz Ruhe — schön, schön — um das himmlische Sternenlicht zur Anbetung zu zwingen.

Richard (sieht Sascha öfters scheu an, während sie spricht, beißt sich in die Lippen, seine Stimme nimmt eine leichte Heiserkeit an). Und — weiter?

Sascha. Ist nichts weiter. Ich kann's nicht so sagen. Es gibt so Stimmungen — aber die haben Sie wohl nie gehabt — man ist ganz allein — und die Einsamkeit fängt an, zu singen — nicht helle Töne — nur ein weicher breiter Ton — und der Ton ist wie rotes Licht — lauter rotes Licht — die Luft — alles rings — wie ein dichter Purpur — und aus dem Purpur steigt eine weiße, atmende Gestalt — Freude — (Hält inne, lacht.) Ach — Unsinn, daß ich's Ihnen erzähle!

Richard. Würden Sie's jemand Anderem?

Sascha. Auch noch! Damit man mich ins Tollhaus sperrt! Sie — lachen mich aus — höchstens — oder versteh'n mich nicht.

Richard. Glauben Sie —

Sascha. Jawohl, denn — (schaut ihn an) wie seh'n Sie denn aus? Sie haben ja 'nen Kopf wie 'n Gickel. Ganz rot! Von meinem roten Gerede! Oder hat Sie meine schöne Dirne so aufgeregt — (spielt mit den Blättern) da d'rin liegt sie — mit sehr wenig Kleidern — lassen wir sie liegen!

Richard. . . . Wie kommen Sie auf solche Gedanken . . .

Sascha (sich langsam in ihre Gedanken verlierend, ohne jede gewollte oder ungewollte Koketterie, aber unbewußt verführerisch). Wie — — — ich sehe mit meinen dummen Augen, was für Dinge auf der Welt geschehen. Und meine Phantasie läuft hinterher. Es gibt keine menschliche Regung, die ich nicht nachfühlen kann. Mein bischen Talent begreift die Menschen viel besser als mein Verstand. Und in das schlechte Frauenzimmer da hab' ich mich ein wenig verliebt. Sie ist so schön. Ich fürchte mich, ihre Haut zu berühren, als ob ich ein Mann wäre. (Mit geschlossenen Augen.) Glühende Kraft der Sünde . . . Den Tropfen Schönheit von ihr aufsaugen lassen . . . Daß sie nicht endlos schauert . . . Daß die Wollust keine Ewigkeit hat!

Richard zitternd). Oh — oh

Sascha (schlägt die Augen auf, bleibt aber in ihrer Stellung).

Richard ächzend, die Worte aus sich herauswürgend, bis zur vollen Steigerung der Leidenschaft). Ich — ich hasse dich! Du thust mir weh, so weh . . . deine Schönheit brennt mich . . . ich weiß mich nicht mehr . . . ich habe Feuer in der Kehle — haben, dich haben . . . fassen . . . fühlen . . . dich — zerreißen (Er fällt vor ihr nieder).

Sascha (erst sprachlos, hält ihm mit beiden Händen den Mund zu). Richard!

Richard unter ihrer Berührung zusammenzuckend, faßt dann ihre beiden Hände an den Knöcheln). Rühr' mich nur an, das will ich ja, du süßes Thier —

Sascha sich losmachend). Lassen Sie mich los!

Richard. Los — versuch's. Ich bin stärker als du.

Sascha (schreit leise).

Richard. Thut's weh? Ich will dir wehthun, du, du, du! (Beugt sich auf ihre Kniee, leise murmelnd). In deinen Schoß mußt du mich nehmen . . . an deine Brust . . . nicht küssen . . . nur den Atem — d'rüber= hin — alle zitternde Wärme — bis sich löst — Be= sinnung — Lust, Lust — in dir, in mir!

Sascha. Das — hätt' ich dir nicht zugetr . . . (Kommt zu sich, stößt einen Schrei aus, und stürzt auf die andere Seite des Zimmers.) Gott, bin ich niederträchtig!

Richard (wendet sich auf den Knieen liegend nach ihr um). Komm' her, komm' her!

Sascha (vor sich hin, krampfhaft). Agnes, Agnes, Agnes!

Richard (springt auf). Sascha!

Sascha. Dort geblieben! Wenn Sie mich mit einer Fingerspitze anrühren, bekommen Sie eine Ohr= feige — wie der erste beste Straßenlümmel. (Mit ge= waltsamem Lachen.) Die hätt' ich Ihnen gleich geben sollen.

Richard (aufgerichtet, trotzig). Thu's!

Sascha. Vor allem wünsch' ich, daß du Sie zu . . . bin ich denn auch toll geworden! Wir sind zwei saubere Leute. (Geht an Richard vorüber an den Tisch, nimmt die dort liegenden Blätter.) Das ist schuld — der verrückte Schmarr'n. (Zerreißt das Gedicht.)

Richard (tritt dicht vor sie hin). Du liebst mich.

Sascha. Ah! (Richtet sich hoch auf, verschränkt die Arme, sieht ihn von oben bis unten an, schneidend.) Nein.

Richard (kehrt sich ab, geht gegen die Wand, bleibt ein paar Augenblicke so stehen).

Sascha (leise, einförmig). Agnes ... — — —
Sind Sie wieder vernünftig?

Richard (dreht sich um). Sehr.

Sascha. Also kann man reden mit Ihnen? Was werden Sie thun?

Richard. Scheiden lass' ich mich.

Sascha (im höchsten Schreck). Schei — —

Richard (bleibt vor ihr steh'n). Ich liebe Sie. Ich will mit keiner Andern leben.

Sascha. Sie lieben mich gar nicht — ich habe ja Backenknochen wie eine Kuhmagd. Sie bilden sich's ein. Sie haben sich literarisch verliebt, Sie haben sich hineingeredet.

Richard (pfeift, steckt die Hände in die Hosentaschen, herumgehend). Wollen sehen, wer mich wieder herausredet.

Sascha. Sie müssen Agnes um Verzeihung bitten.

Richard. Natürlich! Ich lass' mich scheiden.

Sascha. Oder — ich will's thun — ich will mit Agnes reden.

Richard. Nur zu! Ich lass' mich scheiden.

Sascha (am Fenster). Um Gotteswillen — ein Wagen — das ist sie — Richard — nur eine Viertelstunde versprechen Sie mir in Ihrem Zimmer zu bleiben.

Richard. Gewiß. Aber ich lass' mich scheiden. (Ab in sein Zimmer.)

Sascha (allein). Lieber möcht' ich davonlaufen. Pfui, feig bin ich, weil ich mich schlecht aufgeführt habe. Das! Das! Es kam daher — wie ein Wintergewitter... In meinem Leben hat er mir nicht so gefallen. Wie soll ich's ihr nur beibringen... Hat das dumme Ding gerade jetzt weggeh'n müssen. Hab' ich denn wirklich 'was angestellt... ich kann doch nichts dafür — o... Da hab' ich gleich weniger Mut — wenn ich's beschönigen will. Ich muß mich recht schlecht machen. Ich bin eine ganz gemeine, abscheuliche, schlaue Verführerin. (Mit einem tiefen Seufzer.) So, jetzt ist mir leichter. (Es klingelt.) Gott, wenn's nur einen lieben Gott gäbe, der mir helfen könnt'! (Sie läuft an den Nähtisch, nimmt den Strumpf.) Das Loch ist nicht halb gestopft!

Agnes (hat hastig die Thüre aufgerissen, bleibt bei Sascha's Anblick unangenehm berührt stehen. Sie hat verweinte Augen, aber verklärtes Gesicht, in großer, etwas krankhafter Aufregung, leise). Noch da! (Tritt langsam ein, legt ihren Hut ab, gezwungen). Nun, wie viel Strümpfe hast du gestopft?

Sascha (ohne Agnes anzusehen). Ich bin nicht fleißig gewesen. Wir haben geredet — über das Gedicht —

Agnes. Dabei kann man freilich keine Strümpfe stopfen.

Sascha (mit einem Seufzer). Nein.

Agnes (geht zerstreut umher). Gleich Mittag — lauter Sonne, auf der Straße, hier, überall. Sonne, Sonne! Die Betty soll einen Kuchen backen. Und Blumen möcht' ich. Veilchen! Erste süße Veilchen! Einen Berg Veilchen! (Birgt, leise durcheinander weinend und lachend, ihr Gesicht in den Händen.)

Sascha (hat sich in den Finger gestochen). Au — die dumme Nadel.

Agnes (faßt sich gewaltsam). Die — Hast du nicht von den englischen?

Sascha. Ach Agnes — die Nadel ist ganz richtig englisch. Aber mir ist's nicht ganz richtig deutsch. Ich muß dir etwas sagen.

Agnes. Sascha — du weißt, daß du — daß ich immer Zeit für dich — heute nicht. Heute thu' mir einen großen Gefallen. Geh' fort. Ich muß Richard allein sprechen. Ganz allein.

Sascha (legt den Strumpf weg, steht auf). Nein, Agnes.

Agnes. Ich bitte dich flehentlich ...

Sascha (nimmt ihre Hand, zieht sie an sich). Mein Kind — mein süßes Kind — du zitterst ja —

Agnes. Nein, nein. Gewiß nicht.

Sascha (zart und liebevoll). Laß' mich mit dir reden, eh' du mit ihm — und hör' mich an — mit all' deiner klugen Güte — mit all' deinem nachsichtigen Herzensverstand.

Agnes (schaut sie an).

Sascha. Ich kann mich anschauen lassen von deinen großen Blumenaugen — ich kann's ... Sieh' Agnes — ich hab' nicht viel geweint in meinem Leben — Wie Papa starb — sonst — ich kann das Geheul nicht aussteh'n. Heut' aber möcht' ich recht von Herzen in deine lieben Hände weinen und bitten — — daß du mich durchhaust.

Agnes (zieht ihre Hand weg). Bitte — sag' mir ganz deutlich —

Sascha (mit gesenktem Kopf, ruhig, doch mit innerem Herzklopfen). Dein Mann hat mir eine Liebeserklärung gemacht, und ich hab' sie mir machen lassen.

Agnes (stößt einen kurzen, gebrochenen Laut aus, bleibt unbeweglich stehen).

Sascha (immer mit gesenktem Kopf). Ich weiß nicht, wie's geschehen ist... Ich habe unvorsichtiger Weise über — über Dinge geredet, die man sonst nicht vor einem Mann spricht... Weil ich ihn eben gar nicht als Mann betrachtet habe. Und wie's geschehen war, hatte ich die Besinnung verloren und benahm mich so dumm wie alle Frauenzimmer.

Agnes (tonlos). Hat er — dich geküßt?

Sascha. Ja — nein nein. Seine Lippen nicht. (Leiser.) Seine Worte haben mich geküßt.

Agnes (mit einem Schrei ausbrechend). Lügnerin!

Sascha. Ich lüg' nicht.

Agnes (in maßloser Heftigkeit). Diese Komödie der Aufrichtigkeit! Daß du's mir sagst! Das kenn' ich an dir! Was weiß ich denn — was du hast — was du gethan hast — oder nicht gethan hast! Was wird's denn sein! Gar nichts! Oder zu wenig — für eine Schuld. Viel zu wenig! Aber genug, tausendmal genug, um deinen Zweck zu erreichen!

Sascha. Mit dem Zuwenig und Zuviel hast du ganz Recht. Nur hab' ich keinen Zweck gehabt.

Agnes. Nicht? Du hast nicht bemerkt, seit Monaten bemerkt... du mit deiner tiefgehenden Beobachtung und Menschenkenntnis!

Sascha. Ich hab' ihn gar nicht gekannt! Er hat sich heute aufgeführt — blamiert hab' ich mich mit meinem ganzen Urteil über ihn.

Agnes. Das Unglaubliche! Ich fühlt' es — ich schämte mich — weil ich fühlte — und quälte mich — o Gott im Himmel!

Sascha. Hättest du mir 'was gesagt!

Agnes. Ich? Dir? Zugestehen — nie!

Sascha. Das war nicht aufrichtig.

Agnes. Nicht aufrichtig -- du — du hast die Zunge, mir zu sagen... Hör' du! Du bist schön und — und bist stark -- ja — begabt — alles — und ich bin ein armes gewöhnliches Geschöpf, häßlich bin ich und unbedeutend. Aber ich bin wahrhaftig und du lügst. Und du hast eine Art der Lüge — nicht fassen kann man's, nicht greifen. O ich habe darüber nachgedacht! In kleinen Dingen da lächelst du einen d'rüber hinweg — man schiebt's bei Seite — man vergißt es wieder — weil du lächelst. Die großen Lügen — die siehst du selbst nicht. Sie verschleiern sich in deine Begabung — in deine Ungewöhnlichkeit — du prahlst mit deiner Ungewöhnlichkeit — du läßt dich als großen Charakter bewundern.

Sascha (reibt sich die Nase). N' ja!

Agnes. Alles an dir ist Lüge — alles — auch deine künstlerische Bescheidenheit.

Sascha (sehr stark). Nein.

Agnes. Ich hab' mich von dir — wie jeder, der dich nicht länger als ein Jahr kennt — ich hab' mich von dir blenden lassen. Ich hab' dich so vergötternd lieb gehabt —

Sascha. Das war eben die Dummheit.

Agnes. Und ich hab' nicht einmal mehr Achtung vor dir.

Sascha. Das ist wieder eine Dummheit.

Agnes. Sprich nicht mit diesem — mit diesem geistigen Hochmut. Weil du uns mißachtest, lügst du uns — Lüge, immer, immer Lüge. Was magst du für Pläne gehabt haben — für Absichten — als du mich und Richard zusammenbrachtest.

Sascha (richtet sich ein wenig auf). Du!

Agnes. Ihn als Spielzeug und mich als Attrape.

Sascha. Du, das hab' ich nicht nötig, mir Gemeinheiten von dir vorwerfen zu lassen. Wenn ich eine Eselei gemacht habe, euch zu verheiraten, ist es mir am ärgsten. Ich wollte beinah', ich hätt' ihn mir selber behalten.

Agnes (mit einem Schrei). Siehst du!

Sascha. Ach — ich hab' ihn damals nicht gemocht und mag ihn heute ebensowenig. Er ist mir schon viel zu mager.

Agnes (zwischen den Zähnen). Geh!

Sascha. Ich mag nicht.

Agnes. Geh! Ich will dich nicht mehr hören, ich will dich nicht mehr seh'n...

Sascha. Und du meinst, daß damit etwas Vernünftiges geschieht?

Agnes. Ich will dir sagen, was du willst...

5*

haben willst. Und das soll gescheh'n, ohne daß du es ausfprichst. Ich foll ihn geh'n laffen.

Safcha. Aber du Schaf —

Agnes. Jawohl — freilich — du wirst außer dir fein — schrecklich wird dir's fein — vor Allen bift du das edle, opferfreudige Wefen — auch vor dir. Für mich bift du —

Safcha (fieht fie voll an). Sag's nur.

Agnes. ... eine geiftige Dirne.

Safcha (fieht fie immer noch voll an). Jetzt mag ich nicht mehr. Adieu. (Geht.)

Agnes (allein). Die! (Nach einer Panfe.) Und er!

Richard (macht die Thüre auf, fteht ftill. Schweigen). Weißt du's?

Agnes (ift ganz ruhig geworden, fpricht mit etwas fchwerer Zunge). Alles.

Richard. Alles? Das kann nicht ...

Agnes. Sag' es mir.

Richard (verlegen und zögernd). Es wird gewiß recht hart herauskommen ... und roh ... und ungebildet — ich möchte dir doch nicht wehthun — nicht mehr als nötig. Und du follft mich nicht falfch beurteilen.

Agnes. O nein. (Setzt fich.)

Richard. Es ift mir nicht mehr möglich — aufrecht zu — erhalten — unfere Vereinigung — Ich kann nicht mehr mit dir leben.

Agnes. Das begreif ich ... Schon lange.

Richard (ift ftumm).

Agnes. Fürchtest du dich, es auszusprechen? Ich gar nicht. Wir müssen uns scheiden lassen.

Richard (verwirrt). Wenn du meinst —

Agnes. Dazu brauchen wir einen Rechtsanwalt.

Richard. Ja.

Agnes. Und da es mit der Scheidung nicht so schnell geh'n wird, muß sich Eines von uns eine and're Wohnung suchen.

Richard. Ich reise fort. Nach Italien. Mit Meerhoff. Morgen.

Agnes. Dann ist Alles in Ordnung. (Steht auf.)

Richard. Agnes — ich komme so schlecht heraus.

Agnes. Du thust mir leid, daß du so viel durch= machen mußt... Wenn ihr nur nachher recht glücklich werdet.

Richard. Sie mag mich ja gar nicht.

Agnes. Gehst du in's Englische Hôtel? Ich schicke dir bis vier Uhr deine Sachen hinüber. Wo soll ich deine Bücher und Möbel unterbringen lassen?

Richard (mit sich kämpfend). Agnes — glaubst du nicht —?

Agnes (sieht ihn fest an). Nein.

Richard. Ich — ich bin so durcheinander in mir. Du kannst so viel über mich... Hast du denn kein Wort, das mich hält?

Agnes (tritt zurück, totenblaß). Ich will dich nicht halten.

Richard. Willst nicht, willst nicht — ja dann... Leb' wohl. (Reicht ihr schüchtern die Hand.)

**Agnes** (nimmt seine Hand nicht, nicht mehr fähig, zu sprechen, schüttelt stumm den Kopf).

**Richard** (geht).

**Agnes** (allein, sieht sich um, spricht mit gezwungen lauter Stimme). Also einpacken. Seine Sommersachen — noch auf dem Speicher — im braunen Korb. Alles muß fort. Dann werd' ich allein sein, ganz allein... (Sie bricht in bitteres Weinen aus, breitet die Arme gegen die Thüre.) Bleib' doch! Bleib'!

---

## Dritter Akt.

### Mai.

(Kleines einfaches Zimmer mit schlechter Tapete. Links vorn das Fenster. Vor dem Fenster Nähtisch und Lehnstuhl. Eine Mittelthüre. Rechts rückwärts eine Thüre. Ein eiserner Ofen. Im Vordergrund rechts der Eßtisch, ein paar Stühle herumgestellt. Rechts an der Wand eine lackierte Kommode. Die übrigen Möbel sind dieselben wie in Ebners Wohnzimmer.)

**Agnes** (sitzt im Lehnstuhl, die Füße auf einen Schemel gestützt. Sie trägt einen weiten dunkeln Schlafrock, hätelt an einem Kinderjäckchen. Abwechselnd arbeitet sie mit Hast und Unruhe, läßt dann wieder die Hände in den Schoß sinken und starrt vor sich hin).

**Betty** (sitzt neben ihr auf einem Rohrstuhl, hat eine Brille auf der Nase und säumt Windeln. Sie spricht lauter als im ersten Akt und macht größere Bewegungen).

**Betty.** Agnes — sag' was — red'. Sitz't wieder da, als wär' dir 's Maul verpappt.

**Agnes** (fährt aus ihren Gedanken auf). Ja... was?

Betty. Ausgeh'n mußt du — Luft schnappen. Wir haben's schon so warm wie im Juli. Das ewige Zimmerhocken!

Agnes (abgebrochen). Mag nicht... Sie schauen mich an... alle Leute.

Betty. Freilich — sogar die Mohren strecken ihre Häls' aus Amerika 'rüber. Da — schau her. Jetzt bin ich gleich mit der letzten fertig. (Hebt die Windel in die Höhe.) Die letzt' vom dritten Dutzend. Genug ist's nicht.

Agnes. Drei Dutzend! Das muß genug sein.

Betty. Du Guckindiewelt! Was meinst du, wie viel du gebraucht hast? Alle Tag' hab' ich waschen müssen.

Agnes (hat zu häkeln aufgehört, stützt ihre Wange in die Hand).

Betty. Wirst du dir nicht ins Gesicht greifen! Wie oft soll ich's noch sagen.

Agnes. Ach — Aberglaube.

Betty. Schaut's einer die große Weisheit. Die Frau Bäckermeister Meyer — war eine kreuzbrave Frau, hat immer so 'ne appetitliche weiße Schürze im Laden angehabt, die hat's mir selber erzählt. Wie sie mit ihrem zweiten Mädel im fünften Monat war, springt eine Maus aus dem Waschschrank, sie fährt sich im Schreck über den linken Backen, und wie das Kind auf die Welt kommt, hat's auf dem linken Backen einen mausgrauen Fleck. Und dein's wird alle fünf Finger im Gesicht haben.

Agnes. Nicht davon reden — nicht, nicht!

Betty. Ich laſſ' mir nicht 's Maul verbieten. Andere Mütter, die freuen ſich ... und bilden ſich's ein — und ſuchen Namen 'raus. Du thuſt gar nichts. Ich muß mich für Alles ſorgen. Alle Tag', wenn ich auf den Markt geh', leſ' ich die Theaterzettel. Die ſchönſten Namen ſuch' ich 'raus. So Namen, die ſonſt gar kein Menſch hat. Mig—non, Aurora. Agnes (ſtöhnt leiſe). Quäl' mich nicht ſo.
Betty (achtet nicht darauf). Ein Mädel muß es ſein. Die Mannsbilder taugen nichts. Und wenn ſie drei Jahr alt ſind, kann man ſie nicht mehr 'rausputzen. Ein Mädel hat Locken und blaue Bänder ... Wenn ich's erſt in' Hofgarten trag', da ſchaff' ich mir einen Hut an, mit einer Feder d'rauf und ſo roten Glastrauben. Und zwei neue Zähn' laſſ' ich mir machen, für eine Mark fünfzig kriegt man ſchon ganz ſchöne. Und freuen thät's mich, wenn ich dem Sauferl begegnet'.
Agnes. Ich verbiete dir ...
Betty. Schimpfen mußt du mich laſſen oder es zerreißt mich! Ich kann's nicht immerzu in mich 'neinfreſſen. Ein Sauferl, ein niederträchtiger gemeiner Hund.
Agnes (hält ſich die Ohren zu).
Betty. Die Kramerin hat's auch geſagt. Das iſt eine geſcheite Frau. Sie weiß alles, was in der Nachbarſchaft paſſiert. Sie läßt dir auch ſagen, du ſollſt ordentlich getrocknete Zwetſchen eſſen. Sie hat ſehr gute türkiſche. Das Pfund 35 Pfennig. Bei zehn Pfund 34. Die Frau hat ein Gemüt! Nach

Allem hat sie mich gefragt. Wie lang du verheiratet warst, und wie dein Mann ausgeseh'n hat, und auf das Luder, die Sascha, hat sie einen Haß —

Agnes (läßt hilflos die Hände sinken). Siehst du denn nicht, daß ich...

Betty (sich immer mehr in Eifer redend). Die Sascha ist an dem Richard seiner Davonlauferei schuld. Die, die hat's angestellt. Warum hat sie sich seit dem Tag nicht mehr seh'n lassen? Miteinander sind sie davon. Die Kramerin meint's auch.

Agnes. Betty, wie ordinär bist du in der kurzen Zeit geworden.

Betty. Ich möcht' wissen, wer ordinärer ist, ich oder die Sascha. Ich hab' dir's vorausgesagt. Gewarnt hab' ich dich. Die Karten hab' ich dir gelegt. Im Traumbuch hab' ich dir's gezeigt. Aber ich war halt die dumme neidische alte Person. Jetzt spürst du's. Ah, ich bin froh, daß wir das Weibsbild aus'm Haus haben. Wenn wir nur unser Kind schon hätten. Und wenn wir schon geschieden wären. Wie lang kann's denn noch dauern?

Agnes. Weiß nicht. Zwei — drei Monate.

Betty. Der Rechtsanwalt muß ein rechter Esel sein, daß er so lang' braucht. Ich thät's viel rascher machen. So — o. (Hebt die fertige Windel in die Höhe, steht auf und legt sie mit den andern in die Kommode.) Wenn ich nur wüßt', wo die Luders 'rumstrolchen. Einen Brief thät' ich ihnen schreiben —

Agnes. Du hast mir versprochen, Betty —

Betty. Ich weiß nicht, ob man so 'was halten

muß, was man im ersten Schreck verspricht. Ich bet' alle Tag', daß sie sich den Hals brechen.

Agnes. Ich bitt' dich, geh' fort. Ich kann dich nicht mehr anhören.

Betty. Ich hab' so geh'n wollen. Im Sankt Anna ist Maiandacht. Da singen s' wie die Engerln. Soll ich dir die Pepi schicken?

Agnes. Nein. Du bleibst doch nicht so lange aus.

Betty. Könnt' sein. Ich muß auch zur Kramerin. Ich geh' jetzt. Und ich schick' dir die Pepi. (Sie geht hinaus, man hört sie draußen rufen.) Pe—pi. (Steckt den Kopf zwischen die Thür.) Wieder nicht da. Der verspielte Fratz. Wird im Hof sein. Bei den Andern. Ich schick' sie dir 'rauf. Mach' die Thür' auf, wenn's klingelt. Ich bring' dir zu Mittag ein paar Spargel und Maiglöckerln. Die magst du doch? Also mach' die Thür' auf! (Ab.)

Agnes (allein. Sie geht ans Fenster und öffnet es. Man hört ruhiges Glockengeläute. Ein leichter Windzug bewegt die Vorhänge. Helle Sonne. Agnes atmet tief.) Ach — wie gut. (Hält die geschlossenen Finger gegen die Sonne.) Ganz durchsichtig — und weiß. (Schiebt den Trauring an ihrem Finger hinauf und hinunter.) Er paßt nicht mehr — und damals war er mir zu eng. (Sie läßt die Hände sinken, der Ring fällt herunter.) Ach... (Kniet mühsam nieder, um ihn zu suchen. Im Augenblick, als sie ihn wieder ansteckt, klingelt es. Sie steht auf, geht hinaus, schließt die Thüre hinter sich. Man hört Sascha's Stimme, ohne die Worte zu verstehen. Nach ein paar Sekunden macht Sascha die Thür auf. Agnes hinter ihr.)

Sascha. Da wird's wohl hineingeh'n? Ja... Ich seh' dir's an, daß du mich fort haben willst. Macht nichts. Vorläufig bleib' ich. (Ist eingetreten. Sieht sich um.) Die Wohnung gefällt mir nicht. Parterre! (Fühlt mit der Hand an die Wand.) Da ist es gewöhnlich feucht. Warum hast du die and're aufgegeben?

Agnes (steht unbeweglich).

Sascha. Als ich gestern hinkam — ausgezogen. Und die Unannehmlichkeiten auf der Polizei! Aus einem Zimmer wurde ich ins and're geschickt, bis ich dich erfragt hatte. Nun denk' ich, bei dem Prachtwetter ist's nicht der Mühe wert, einen Wagen zu nehmen, und lauf' heraus — was weiß ich von dieser gottverlassenen Gegend. Ein schöner Weg für meine Hühneraugen. (Hat die Handschuhe ausgezogen, setzt sich.) Bin so frei.

Betty's (Stimme von der Straße herauf). Agnes.

Agnes (geht ans Fenster).

Sascha. Das ist ja Betty's liebliches Organ.

Agnes (am Fenster). Ja —

Betty's (Stimme). Die Pepi ist nicht da. Mußt halt allein bleiben. Ich komm' bald wieder.

Sascha. Sag' ihr doch, sie soll recht lange wegbleiben.

Agnes (nickt hinunter, geht stumm vom Fenster fort).

Sascha. Ich hatte mich schon auf eine Rauferei mit ihr gefaßt gemacht — zur Erhöhung der Gemütlichkeit. Du, du könntest auch 'mal mitreden.

Agnes (schweigt).

Sascha. Ich bemerke dir, daß ich von — Ebner gar nichts weiß. Aus Florenz bekam ich einen Brief. Ich schickte ihn uneröffnet zurück. Also ... aber Agnes, ich kann doch nicht immerzu Arie singen.

Agnes. Ich bitte Sie, zu gehen.

Sascha (sieht sie an, bricht in ein Gelächter aus). Das ist reizend! Sie! Und geh'n soll ich! Agnes! Du wirst mir doch nicht den Respekt nehmen wollen, den ich vor dir habe? Jetzt setz' dich her. (Agnes zögert.)

Sascha (energisch). Se—tz dich!

Agnes (setzt sich langsam in den Lehnstuhl).

Sascha. So — entweder redest du oder wir spielen alle beide Oelgötzen. (Lehnt sich zurück, sieht an die Decke und schlägt ihre Fingerspitzen gegeneinander.)

(Pause.)

Agnes (mühsam). Warum bist du gekommen?

Sascha. Das ist doch ein vernünftiges Wort. Ich bin gekommen, weil ich mich furchtbar langweilte.

Agnes. Ich bin keine Unterhaltung.

Sascha (indem sie ihren Hut ablegt). Versteh' mich nicht schon wieder miß. Ich seh', es geht nicht anders. Ich muß dir meine seelischen Erlebnisse — Gott, klingt das abgeschmackt — der letzten sechs Wochen mitteilen. Ich ging wütend über deine Grobheiten heim — und war allein. Ganz allein. Denn ich hatte niemand außer euch. Wenigstens keine guten Bekannten. Geschweige Freunde. Nun dacht' ich, es wird auch so geh'n. Ich ließ mich einladen. Souper, Thee, Kaffee — zu allen möglichen Getränken — ich war alleiner als jeee! Die Leute langweilten mich, ich langweilte mich), alles langweilte mich … aschgrau. Da fing ich an zu denken. Zum ersten Mal in meinem Leben. Wirklich über mich nachdenken. Meinem Benehmen, deinen Vorwürfen … das — mit dem Lügen —

Agnes. Ich wünsche keine Rechtfertigung deines Benehmens.

Sascha. Mein Benehmen will ich gar nicht rechtfertigen. Meinen Charakter. Rechtfertigen oder anklagen, wie du's nimmst. Jedenfalls mußt du mir zugeben, daß ich jetzt sehr gescheit rede. Es kommt mir höllisch dumm vor. Aber es ist mehr dein Stil, und ich sehe keinen anderen Weg, mit dir wieder zusammenzukommen.

Agnes (macht eine Bewegung).

Sascha. Weiß schon — unmöglich — unergründliche Kluft — ach mein Mädel, der alte Römer springt hinein in die Kluft und sie schließt sich über ihm. Warum soll ich weniger Courage haben als der römische Hans Jakl? Vorwärts in die Beichte! Commençons! Das mit dem Lügen. Hast recht. Ich thu's. Spielerei. Es fällt mir immer so viel ein. Aus bösem Willen geschieht's nicht. Ich will niemand schaden. Es amüsiert mich. Vielleicht — ich will mich nicht sehen lassen. Ich trag' auch so gerne Schleier. Man sieht viel hübscher aus.

Agnes. Hat es dich nie gereut?

Sascha. Nein. Ich spür's gar nicht. Jetzt hab' ich mit der Aufrichtigkeit angefangen. Aber es macht mir

gar kein Vergnügen. Wer ist so schön, daß er nackt
herumlaufen kann... Gleich werd' ich dir meinen
Höcker präsentieren. Der Höcker ist — mon oncle —
(Sie steht auf, geht während des Folgenden im Zimmer herum.)
Mit seinen fünfzigjährigen Haaren und seiner dreißig=
jährigen — hm! Ich bin mit d'ran schuld. Ganz
richtig und ordentlich. Ich fühlte, wie sich unter seiner
gedämpften Ruhe etwas zu regen begann... wie
eine Schlange unter einer Altardecke... und lief nicht
davon. Ach, wenn ich auf der Ottomane lieg'...
auf dem bunten Pantherfell... und der scharfe Tier=
geruch, der noch in den Katzenhaaren steckt    ich steh'
nicht gern auf. Aus Faulheit. Hat so ein Tier es
gut. Siehst du, Agnes, ihr schlanken, weißen Geschöpfe
habt keine Ahnung davon, was eine gesunde Bestie
ist. Eine gesunde Bestie von sechsundzwanzig Jahren.
Was fang' ich an mit der Kraft in meinen Gliedern?
Mir ist's wie einem gefangenen Kriegshund. Und der
Mann — so groß wie ich, so kräftig wie ich, mit den=
selben breiten Lippen, denselben grünlichen, jaspishellen
Augen...

Agnes (schlägt im Schmerz die Hände vor ihr Gesicht).
Und das konntest du thun!

Sascha. Winterdämmer — der schwere Geruch
des Treibhausflieders — mir ist alles gleich — ich
graule mich ein wenig — fühle, wie seine Hand in
meinen Aermel gleitet — und — Knalleffekt — hab'
mich fürchterlich übergeben.

Agnes. Sascha!

Sascha. Ja. Aus war's. Das war zu deutlich. Für uns beide. Ich schulde meinem Magen ewige Dankbarkeit.

Agnes. Deinem Gewissen, Sascha.

Sascha. Ach — Gewissen. Mein gesunder Leib wehrte sich gegen die ungesunde Schweinerei. Und wenn mir ein Malheur passiert wäre — ich weiß nicht, ob ich mir zu viel daraus gemacht hätte.

Agnes. Du hättest dir nichts daraus gemacht — aus dieser Schande! Dieser Sünde! Gegen jedes menschliche und göttliche Gesetz...

Sascha. Göttliches Gesetz?! Zeig' mir doch das göttliche Gesetz, das nicht Menschen gemacht hätten und das nicht die Fußtapfen der Jahrtausende an sich trägt! Glaubst du, daß zwei Blutstropfen das gleiche Gesetz haben? Zwei Augenblicke aus der Ewigkeit? Zum Lachen!

Agnes. Du erkennst keines an? Keines?

Sascha. Ich erkenne das Gesetz meines Wesens an. Wie soll ich dir das erklären. Schau', ich bin hergekommen, dir zu sagen, daß ich vor dir, vor dir, Agnes, nicht wieder lügen werde. Nicht im Kleinsten. Das ist ein Versprechen an mich selbst. Ein inneres Versprechen. Und wenn ich das nicht halte —

Agnes. Ach Sascha. Dein Versprechen kommt zu spät.

Sascha. — dann hab' ich zum ersten Mal in meinem Leben gelogen. Das könnte mich sehr unglücklich machen. Und davor fürcht' ich mich. Hu!

Da hätt' ich innerlich einen Knacks weg. Nein. Ich will unzerbrochen herumlaufen. Unsinn, Unsinn!

Agnes. Ich fang an, dich zu verstehen. Es ist aber doch zu spät. Es wäre besser, wir hätten uns nie im Leben gesehen.

Sascha. Glaub' ich nicht. Nur hätt' ich nicht so viel zwischen euch hocken dürfen. Wie ein frecher dicker brauner Maikäfer. Heut' hab' ich so einen gesehen. Ihr wart mir so bequem ... ja ... ja ... Was ich eigentlich sagen wollte — wie war er denn, als er fortging?

Agnes (mit einem beobachtenden Blick auf Sascha). Gut. Traurig. Fast schüchtern.

Sascha. Also gewöhnlich. Mit der großen Kraft war's gleich wieder aus. Als ich ihn zur Vernunft bringen wollte, war er frech, steckte die Hände in die Hosentaschen und pfiff. Ganz fesch!

Agnes. Und das hat dir gefallen ...

Sascha. Gewiß hat mir's gefallen. Es war Zug in seiner Unverschämtheit. Leider Gottes. Ach Agnes - hättest du weniger Wahrheit und Verstand und Treue gehabt und mehr - mehr Künstlertum! Kunst! Poesie! Ein Pantöffelchen auf der Fußspitze hin und hergewiegt mehr Grazie, mehr Süßigkeit — er wär' dir nicht davongelaufen. Eine große Tollheit und Thorheit wird ihn zum schlechtern Menschen machen und zum bessern Dichter. Er hätte ein guter Mensch bleiben können und ein besserer Dichter werden — wenn deine Leidenschaft stärker gewesen wäre als deine Scham.

Agnes. Ich will das Weib eines Mannes sein. Nicht seine Geliebte.

Sascha. Aber einem Dichter muß man erst Geliebte sein und dann Weib. Laß mich aus! Damit ist's bei der silbernen Hochzeit noch früh genug.

Agnes. Dazu bin ich zu stolz.

Sascha. Aber nicht zu stolz, an diesem kleinwinzigen Riesenirrtum zu Grund' zu geh'n. Meinst du, ich seh' dir's nicht an, daß du leidest? Miserabel siehst du aus... Wozu dir vorpredigen. Aber nachdem sich alles so gut angelassen! Was war das schon für ein Glück, daß ihr keine Kinder hattet!

Agnes (wird unruhig, ihre Züge verändern sich in schmerzlicher Erregung). Ich glaube — Betty wird bald wiederkommen...

Sascha. Wirklich! Die Angst, die ich während des ersten Jahres ausgestanden habe! Und wie froh ich war, als du regelmäßig... Ich kann mir nicht helfen. Ein Kind ist reizend, wenn es da ist. Aber bis es da ist — das ist eine Geschmacklosigkeit der Natur. Kannst du dir die Venus von Milo in andern Umständen vorstellen? Brr! So junge Frauen — achtzig Centimeter Taillenweite — und die Gesichtszüge grau, verzerrt — — (Sieht Agnes ins Gesicht.) Ah! (Fällt sprachlos vor ihr auf die Kniee. Hebt atemringend das Gesicht zu ihr empor.) Agnes — hast du gewußt — an dem Tag — (Kleine Pause.)

Agnes (einfach). Ja.

Sascha (wirft sich mit dem Gesicht auf den Boden, ihr ganzer Körper ist erschüttert. Sie bricht in furchtbares Weinen aus, klammert ihre Hände um Agnes' Füße). Verzeih' mir! Verzeih' mir!

A g n e s (ebenfalls weinend, aber ganz leise, gleichsam in großen langsamen Thränen). Ja, Sascha, ja. Steh' nur auf. Du hast's doch nicht gewußt. Du kannst doch nichts dafür. Es ist schon alles wieder gut. Steh' nur auf.

S a s c h a (erhebt sich sehr allmählig, noch immer weinend und völlig fassungslos). Und da bist du in dieser elenden Wohnung! Hast du denn einen Arzt gefragt? Einen guten? Iß't du ordentlich? Der wievielte Monat ist es denn? Gott im Himmel, du sollst gewiß nicht so viel steh'n! Setz' dich! Ich bitte dich, setz' dich!

A g n e s. Sascha — sei nicht so aufgeregt. Das regt mich auch auf und Aufregung ist das Schlimmste. Es ist mir so schon schwer genug. Es ist hart, wenn man sich Tag für Tag zusammennehmen muß, um nicht — (die Stimme versagt ihr).

S a s c h a. Ich bin schon ganz ruhig, ganz ruhig. Bitt' dich, gib mir ein Taschentuch. Meines ist ganz —

A g n e s geht an die Kommode, nimmt aus der obersten Schublade ein Taschentuch, welches sie Sascha gibt. Willst du dir nicht die Augen mit kaltem Wasser auswaschen — sie sind so rot.

S a s c h a. Ach laß sie rot sein! Jetzt hol' ich einen Wagen und wir fahren sofort nach Haus.

A g n e s (schaut sie groß an). Nach Haus?

S a s c h a. Natürlich! Zu mir! Du kommst zu mir. Du mußt doch Pflege haben. Und Ruhe. Und gute Luft. Du kannst jetzt gar nicht gut genug leben.

Und der Geheimrat muß consultiert werden. Ich denke, du nimmst das Balkonzimmer im ersten Stock. Aber nein. Am Ende zieht es durch die Thüre.

Agnes. Was bildest du dir denn ein? Unter gar keiner Bedingung zieh' ich zu dir.

Sascha. Agnes, red' nicht so dumm — ach, nimm's nicht übel — aber es ist ja wahr. Bist du mir denn noch bös?

Agnes. Gewiß nicht. Aber ich geh' nicht mit dir.

Sascha. Das ist der reine Eigensinn. Ich will, daß du mit mir gehst. Ich will's, ich will's! Ich hab' sonst Tag und Nacht keine ruhige Stunde mehr.

Agnes. Ich geh' nicht mit dir.

Sascha. Schau' dir nur die Tapete an. Grüner Schimmel! Wie kannst du nur eine solche Verantwortung übernehmen für dich — (leiser) und für sein (verbessert sich rasch) dein Kind.

Agnes (schaut sie mit großen glänzenden Augen an). Darnach hat Niemand zu fragen.

Sascha. Das kann schon sein, aber ich leid's nicht.

Agnes. Es ist mein Kind, mein, mein, nur mein.

Sascha. Es will dir's doch Keiner nehmen.

Agnes (allmählig erregt und leidenschaftlich). Mir, mir gehört es. Mir! Es ist mein Eigentum. Mein erstes Eigentum, seit ich lebe. Du hast alles gehabt — mich und ihn — und jetzt soll es wieder so werden.

Sascha. Aber Agnes, was ich thun will, geschieht doch nur um deinetwillen —

Agnes. Glaubst du das wirklich?

6*

Sascha. Ja, Agnes, ja!

Agnes. Dann weißt du nicht, was in dir ist! Ich fühl's aus deinen Augen heraus ... Was du thun willst, das thust du nicht für mich, das thust du für sein Kind!

Sascha (zuckt zusammen).

Agnes. Für ihn thust du es! Bei ihm bin ich, wenn ich bei dir bin! Und wieder drei, wir drei! Eher will ich verhungern, oder ins Wasser geh'n, oder verrückt werden — eh' ich mit der lebe, die ihn liebt!

Sascha (klammert im Kampf ihre Hände ineinander).

Agnes. Du liebst ihn — und wie du ihn liebst!

Sascha (mit klarer lauter Stimme). Ich liebe ihn nicht.

Agnes (aufschreiend). Du — (hält unter Sascha's Blick inne).

Sascha. Ich hab' ihn nie geliebt. Ich liebe ihn nicht. Es ist wahr.

Agnes (schaut Sascha lange an).

Sascha (hält den Blick ruhig und klar aus. Einfach). Ich liebe ihn wirklich nicht.

Agnes (geht auf sie zu, reicht ihr die eine Hand, dann die andere. Sie stehen einen Augenblick so).

Agnes (leise, zu Sascha aufschauend). Ich bin sehr traurig.

Sascha (führt sie langsam zum Lehnstuhl. Sie ist verändert in ihrem Wesen, sehr ruhig, sehr ernst). So, mein Kind. Lehn' deinen Kopf an. Und nun ruhig sein. Ganz ruhig sein. Du wirst seh'n, wie schön es ist, wenn du bei mir bist. Der Park ist so grün und still — wir frühstücken in der Laube von wildem Wein — und die Sonne spinnt zwischen den Blättern... Willst du nicht ein wenig schlafen?

Agnes. Ja — ich bin sehr müde. Ich habe lange nicht mehr geschlafen.

Sascha. Schau', ich leg' dir die Hand auf die Stirne. Schlaf', schlaf' mein Kind. Ich bleibe bei dir. Bis du erwachst. Das Licht stört dich? Wart', ich mach' die Vorhänge zu. Da tanzt noch einer... (Richtet die Vorhänge.) So, nun ist es dunkel. (Summt leise.) Schlaf', Herzenspüppchen, mein Liebling bist du. Schließe die blauen Guckäugelein zu. (Singt die Melodie weiter. Sie ist still, immerzu auf Agnes blickend. Diese ist eingeschlafen.)

Sascha (steht behutsam auf, geht ein paar Schritte weg). Und ich hab' meinen Knacks. Ob ich's aushalt'?

---

## Vierter Akt.

### August.

(Großer heller Salon. Warmer Sommerabend. In der linken Seitenwand Flügelthüre, welche in das Vorzimmer führt. In der Mittelwand halbgeöffnete Flügelthüre, führt ins Schlafzimmer. In der rechten Seitenwand große Glasthüre, führt auf den Balkon, beide Flügel geöffnet. Das Zimmer ist in Unordnung. Stühle stehen von der Wand gerückt, links vorn eine Ottomane, daneben ein kleines Tischchen mit großer Blumenvase. An der Wand ein Pfeilerspiegel. Rechts vorn ein abgeräumter Schreibtisch. Sascha ist damit beschäftigt, die letzte Schublade herauszuziehen, schüttet den Inhalt, lose Blätter, Federn, Bleistifte, kleine Schachteln, in den Papierkorb. Zwei Arbeitsleute.)

Sascha. Den Schreibtisch tragen Sie hinunter ins grüne Zimmer... Gleich neben's Fenster stellen. Dann bringen Sie den Wickeltisch herauf und geben Sie Acht, daß Sie an der Galerie nichts zerbrechen. (Die Männer nehmen den Schreibtisch und tragen ihn hinaus.) Sascha (schaut überlegend herum). Also daher... hm... ja, so wird's gehen. (Wischt sich mit dem Taschentuch über die Stirne.) Ist mir heiß. (Hebt den Arm in die Höhe, fährt mit der Hand unter die Achsel.) Und schwitzen thu' ich wieder! Alle Kleider werden hin.

Agnes' (Stimme von außen). Sascha, bist du oben?

Sascha (läuft auf den Balkon). Ja, Kind. Möchtest du etwas?

Agnes. Nein. Ich wollte dir nur sagen, daß ich in die Laube gehe.

Sascha. Soweit in den Park? Ist es nicht zu spät dazu?

Agnes. Es ist so warm, eine Stunde kann man noch im Freien bleiben.

Sascha. Anna soll dich begleiten.

Agnes. Anna hat in der Küche zu thun.

Sascha. Dann werd' ich dir Betty schicken. Mit Tuch und Fußschemel.

Agnes. Danke schön. Ich gehe einstweilen voraus.

Sascha (nachrufend). Nimm dich bei der kleinen Treppe in Acht. Und daß dir der Hund nicht zu nah' kommt! (Vorkommend. Klingelt.) Ich will den Köter doch lieber an die Kette legen lassen. Seit den letzten drei Wochen leb' ich nicht mehr vor Angst. (Diener tritt unter die Thüre.) Hängen Sie den Tristan an die Kette, Franz.

Franz. Ist schon geschehen — wegen den Arbeitsleuten.

Sascha. Haben Sie etwas Besonderes zu thun?

Franz. Nein, gnädiges Fräulein.

Sascha. Dann gehen Sie in die Apotheke. Lassen Sie die große Flasche mit vierprozentiger Karbollösung auffüllen. Und ein großes Packet Karbolwatte nehmen Sie mit.

Franz (will gehen).

Sascha (zurückrufend). Sie könnten noch etwas — Schauen Sie doch bei der Hebamme vor... Wenn sie zu Haus ist: es wär' mir sehr lieb, wenn sie heute Abend kommen würde. Es ist nicht dringend, aber es wäre mir angenehm.

Franz (geht).

Betty (ist unter die Schlafzimmerthür getreten).

Sascha (sieht sie). Ach, das ist gut, daß du da bist. Bitte, bring' Agnes das braune Wolltuch und den Schemel in die Laube.

Betty. Die Agnes braucht kein Tuch — bei der Backofenhitz'. Und 'n Schemel erst recht nicht. Wo's seit vierzehn Tag' nicht mehr geregnet hat.

Sascha. Ich bin so ängstlich...

Betty. Ach die Faxen und Geschichten! Mir macht die ganze Sach' schon gar kein Vergnügen mehr.

Sascha (an der Schlafzimmerthür stehend). Ich habe immer Angst, daß im entscheidenden Augenblick etwas fehlt. Ist das Bett in Ordnung? Sind die Gurten fest geschnallt?

Betty. Glaub'. Versteh' mich nicht auf das Hergericht' mit Riemen und Gurten, wie's die Frau Hebamm' gemacht hat — die alte Gans.

Sascha. Karbolwatte und Korbolöl ist in der Schublade links ... Karbol bringt der Franz. Da kann der Boden mit der schwächeren Lösung nochmal aufgewischt werden. Ist die Thüre nach dem Korridor geölt worden, damit sie nicht knarrt?

Betty. Ja ... Möchten S' nicht in der ganzen Nachbarschaft verbieten, daß einer hustet oder nießt? Zu meiner Zeit hat man von den Zimperlichkeiten nichts gewußt und die Kinder sind auch auf die Welt gekommen. (Die Arbeitsleute kommen mit dem Wickeltisch herein, welchen sie an die Stelle des Schreibtisches setzen.)

Sascha (neben Betty, leise). Ich fürchte mich so. Eine erste Entbindung soll immer am schlimmsten sein.

Betty. Ach was! Die Agnes ist eine gesunde Person und für's Aushalten sind wir Frauensleut' auf der Welt. Und mit Ihrer Furcht sind S' immer noch vierzehn Tag' oder drei Wochen zu früh dran.

Sascha (zu den Arbeitsleuten). Haben Sie jetzt alles besorgt? Gut. Dann lassen Sie sich von der Köchin unten bezahlen. Und bitte, schließen Sie die Gartenthüre ordentlich beim Fortgeh'n. (Die Männer gehen.)

Sascha. Betty, stell' mir den Korb mit der Kinderwäsche her, dann räum' ich alles in die Schubladen. (Sie zieht die Schubladen des Wickeltisches auf, Betty bringt aus dem Schlafzimmer einen Babykorb mit Kinderwäsche, welchen sie neben Sascha auf den Boden stellt.)

Betty. Ich kann Ihnen nur sagen, die Wäsch' ist für Drillinge auch zu viel.

Sascha. Betty, was ist denn geschehen, daß du heut' so arg bös bist?

Betty (brummt vor sich hin).

Sascha. Na — red'.

Betty. Aergern thu' ich mich. Die Anna hat die Schweinskoteletten wieder nicht mit Kümmel eingerieben.

Sascha. Weiter nichts?

Betty. Zehnmal hab' ich ihr's gesagt. Und der Apfelstrudelteig ist wieder so dick wie der Flanell von meinem Unterrock.

Sascha. Noch was?

Betty. — weil Alle hier im Haus ein Gethu' haben mit der Agnes — kommt 'raus, als ob ich sie nie hätt' leiden können.

Sascha. Wer — „Alle" —?

Betty. Sie.

Sascha. Ich bin doch nicht „Alle".

Betty. Ja, Sie sind Alle. Und darum möcht' ich Sie bitten —

Sascha. Was darum? Warum? Heraus endlich —

Betty. — daß Sie mir nicht mehr du sagen.

Sascha. Du hast mich doch selbst um das Du gebeten.

Betty. Ja — war so dumm — im Anfang. Wie die Agnes sich so erholt hat. Alle Tag' hab' ich Hühner braten können — na, da hab' ich gemeint, ich könnt's Ihnen erlauben.

Sascha. Du kannst Hühner braten so viel du willst — meinetwegen täglich ein Dutzend. Und selber essen.

Betty. Das weiß ich. 's war auch nicht blos wegen die Hühner, daß ich Sie mehr hab' leiden können. Sie sind mir wirklich als ein recht gutes Frauenzimmer vorkommen. Ich hab' mir gedenkt: Warum kann sie's denn thun als aus purer Freundschaft? denn damals war's eine große Plackerei mit der Agnes.

Sascha. Und jetzt denkst du dir...?

Betty. Ich denk' nix, es kommt mir so daher — manchmal als wenn hinter der Freundschaft was And'res dahinter steckt.

Sascha. Was denn?

Betty. 'rauskriegen wenn ich's thät! Ich glaub — (herausplatzend) Fräulein Sascha - ich kann Ihnen halt nicht leiden. Nehmen Sie's nicht übel.

Sascha gibt ihr die Hand. Ich nehm' Ihnen gar nichts übel.

Betty. Wär' mir viel lieber, Sie thäten schimpfen.

Sascha. O — ich kann auch schimpfen. Jetzt lassen Sie Ihr Geschnatter und bringen Sie Agnes auf der Stelle das Tuch und den Schemel. Schnell, schnell.

**Betty.** Na, so grob brauchen S' nicht zu sein. (Geht durch die Korridorthüre ab. Abendrot in den Baumwipfeln. Es dämmert.)

**Sascha** (allein, räumt die mit Bändern packetweise zusammengebundene Wäsche in die Schublade. Nachzählend). Zehn, elf, zwölf Hemdchen — Dutzend mit Handstickerei — und — fünf, sechs — mit Spitzen — alles nicht schön genug — für sein Kind, seines, sein Kind... (Läßt die Hände sinken, schüttelt den Kopf.) Daß ich's nicht fertig bring' — ich denk' nicht an den Affen und er ist doch da. Ist das ein Lügen all' die Zeit — vor ihr. Scheußlich. Und ich thu's. Ist mir's elend! (Sie springt auf, trotzig und lustig.) Ach was — ich hab' mir den Magen verdorben... Ein Brechmittel brauch' ich. Aber ein starkes. Gesund muß ich sein. Sonst kann ich nicht leben. Der Shakespeare hätt' mich schon längst sterben lassen. Mächtiger Monolog — und im Augenblick, wenn das unschuldige Leben geboren wird, dem Schuldigen ein Messer ins — das wär' doch ein Höhepunkt! Wie ich es jetzt mache — das ist so ein undramatisches Herumgezerre. (Tritt vor den Spiegel.) Spieglein, Spieglein an der Wand, Wer ist die Schönste — (Pause, starrt in den Spiegel.) Können — über sein Herz können — aber können — durch sein Herz — das ist mehr. Sie hat es gekonnt. Ueber ihr Herz gekonnt. Sie hat ihn gehn lassen. Armes Schneewittchen. Und ich kann nicht einmal über dieses lumpige Herz. Da ist es — neben mir — rot und glänzend — und will Freude, Freude, Freude! Was denn? Was denn? Kann ich's denn nicht erschlagen? Muß ich mich tot tanzen in den glühenden Schuhen? — O du unübertroffene Märchengrausamkeit! In glühenden Schuhen — wer das ausgedacht hat. (Kehrt sich langsam wieder zur Schublade.) Ob Schneewittchens Brautnacht diese Marter wert war? (Unwillig den Kopf zurückwerfend.) Wenn ich so fort mache, werd' ich mich für ein Töchteralbum engagieren lassen. Und Menschen schildern, die nie ein Nachtgeschirr gebraucht haben. Ob nicht das ganze Elend der Welt von dieser Notwendigkeit herstammt? Das kann's doch im Paradies nicht gegeben haben... (Versinkt einen Augenblick in Nachdenken, rüttelt sich zornig auf.) Lieber Gott, schenk mir was von deinem Verstand. Und mach' mich fromm, daß ich in den Himmel komm', komm', komm' — und laß mich meine Wäsche in Ordnung bringen. (Sie ordnet eifrig die Wäsche, jedes Bündel nachzählend, welches sie in die Schublade legt.

R i ch a r d tritt mit dem Hut in der Hand leise in die Vorzimmerthüre. Er trägt einen Vollbart, ist stark verbrannt, kräftiger und männlicher als früher. Zieht leise die Thüre zu.) Ich bin wieder da, Sascha.

S a s ch a (erkennt seine Stimme, wendet sich nicht um. Ach ... (Bleibt starr in ihrer Stellung, leise.) Lieber Gott — das ist dumm.

R i ch a r d (geht zu ihr, will ihr die Hand geben. Grüß' dich Gott. Wie geht's dir?

S a s ch a (gibt ihm die Hand nicht, steht auf). Ich habe die Ehre, Herr Doktor.

R i ch a r d (lacht). Bist du gut erzogen. Aber ich habe mir alle gute Erziehung abgewöhnt. Das werd' ich dir gleich beweisen. (Setzt sich auf die Ottomane.) So. Da sitz' ich und da bleib' ich.

Sascha. Sie müssen sofort wieder geh'n.

Richard. O nein.

Sascha. Agnes ist bei mir.

Richard. So? Wo denn?

Sascha. Im Garten. Sie kann jeden Augenblick zurückkommen.

Richard. Dann werd' ich ihr guten Tag sagen. Sie ist ein liebes, braves Ding. Ich habe nichts gegen sie.

Sascha. Aber ich habe etwas dagegen, daß Agnes Sie bei mir trifft.

Richard. Dann riegeln Sie die Thür' zu.

Sascha. Wie sind Sie denn hereingekommen? Hat Sie jemand geseh'n — von den Dienstboten?

Richard (zieht einen Schlüssel aus der Tasche). Der Geburtstagsschlüssel — so etwas verliert man nicht. Sperrt Garten- und Hausthor. Niemand hat mich geseh'n. (Steht auf.) Und wenn — was ist denn dabei? Was soll denn diese Angst und Aufgeregtheit? Ich habe sehr notwendig mit dir zu reden.

Sascha (hat unterdessen die Schublade zugeschoben, die Schlafzimmerthüre geschlossen, zugesperrt und ist im Begriff, durch die Vorzimmerthüre zu gehen). Gute Nacht.

Richard. Danke. Gleichfalls. (Legt sich in die Mitte des Zimmers auf den Boden.)

Sascha (bleibt stehen). Was?

Richard (liegt auf dem Rücken, spricht zu ihr empor). Ich liege ganz gut. Wenn du mir noch die Schlummerrolle hergeben willst —

Sascha. Sind Sie närrisch geworden?

Richard. Sehr gescheit, meine schöne stolze böse

Sascha. Da bleib' ich liegen — bis du mich aufhebst.

Sascha (schiebt den Riegel an der Vorzimmerthüre vor). Also schnell, schnell —

Richard (richtet sich halb auf). Setz' dich nur nieder. So geschwind geht's nicht.

Sascha (setzt sich). Rasch, rasch.

Richard. Mir eilt's gar nicht. Warum hast du all meine Briefe zurückgeschickt?

Sascha. Ich wollte nichts mehr von Ihnen wissen.

Richard. Das war sehr unvernünftig. Ich war damals in einer so soliden Verzweiflung, als sie nur je ein sanfter guter blöder Junge gehabt hat. Von keinem Menschen hört' ich mehr, die verfluchten Kanzleibriefe waren ein schlechter Trost und das Geld beim Teufel.

Sascha. Sind Sie nicht mit Meerhoff gereist?

Richard. Mit dem hab' ich mich bereits in Venedig zerzankt. Dann strolchte ich allein weiter. Sehr viel zu Fuß.

Sascha. Zu Fuß — Sie?

Richard (mit ironischem Pathos). Tannhäusers Pilgerfahrt nach Rom. So weit war ich nicht. Aber ich komme auch wieder zu Frau Venus. Das bist du, wenn du's noch nicht weißt. Doch erst will ich dir erzählen. Ich habe meine Uhr verkauft und meinen schönen Brillantring. Ich hab' mir den Arm gebrochen und bin vierzehn Tage in einer italienischen

Bauernhütte gelegen. Da hab' ich Läuse bekommen — hab' keine Angst, sind per Quecksilber schon wieder selig verstorben. Und eine schöne Dirne war da — o die süßen schmutzigen Füße in den klappernden Zoccoli. Zum Abschied hab' ich sie abgeküßt — die Marietta — nicht die Füße —! Und hab' mir gedacht, du wärst damit zufrieden. Hab' ich Recht gehabt?

Sascha (unwillkürlich mit schwachem Lächeln). Sie haben Recht gehabt.

Richard. Ich hab' auch was gelernt... funiculi funiculà. Ich spreche schlecht aus. Das schadet nichts. (Fängt an zu singen) Stasera Nina mia è montata —

Sascha. Still, still, sind Sie denn —

Richard. Ja so. Heilige Klostermauern. Also weiter im Text. Im Juni bin ich halbgesotten wieder in Deutschland eingezogen. Und zwar in ein Tiroler Felsennest. Wegen der Billigkeit. Fetter Hammelbraten, saurer Wein, ich hab' mich dran gewöhnt. Es hat mir sogar geschmeckt. Gearbeitet hab' ich gar nichts. Herumgeklettert bin ich auf den Bergen, schauen Sie die Nägel an (weist seine Bergschuhe), hab' mich beim Herrgott mit einem Juhschrei gemeldet — wie ich schreien gelernt habe!

Sascha. Ja ich merk's. Bitte, reden Sie etwas leiser.

Richard. Alle Viehhirten kenn' ich und alle Ochsen. Ja Sascha, jetzt gucken Sie mich 'mal an. Ich war dabei, wie eine Kuh gekalbt hat.

Sascha (mit traurigem Lächeln). Sie haben's weit gebracht.

Richard. Und ich habe Dienste bei dieser Entbindung geleistet, die ich Ihnen nicht näher beschreiben kann. Alles in Allem ist mir's ausgezeichnet gegangen — ich war ganz saumäßig vergnügt.

Sascha. Warum sind Sie dann zurückgekommen?

Richard. Der Rechtsanwalt hat mir geschrieben. Mein persönliches Erscheinen sei dringend nötig. Vor einer Stunde bin ich angekommen. Dritter Klasse, mit zwei Bäuerinnen, einem Viehhändler und vier Kindern im Coupé. Eigentlich wollte ich nicht zu dir, sondern die paar Wochen noch warten — bis zur Entscheidung.

Sascha (schnell). Reut Sie's nicht?

Richard. Gar nicht. Agnes thut mir ja leid. Sie ist ein edles Wesen. Ich achte sie außerordentlich et cetera et cetera. Aber die Sascha — die lieb' ich.

Sascha (steht auf, geht von ihm fort, für sich). Lieber Gott, so werd' ich nicht gescheit — und nicht fromm.

Richard. Glaubst du's nicht? Meinst du immer noch, es sei nur Tollheit oder — g'rade heraus — Sinnlichkeit? O ich träume von deinem Gedicht noch mehr als von deinen Augen. Aber es liegt nur an dir, mich über deinen Augen alle Gedichte der Welt vergessen . . .

Sascha (einfach und kräftig). Lieber will ich blind werden! Es ist wahr, mein Junge, du bist größer geworden und stärker, und das macht dir ein solches Vergnügen, daß du nicht genug um dich herumhauen kannst. Das ist ja lauter Unsinn, was du daherredest —

Richard. Zank' nur, zank' nur! Aber „du" mußt du sagen. (Lustig auf und ab gehend). Ich hab' dich lieb, hab' ein dummes schönes Mädel lieb, das mich zankt, weil's mich lieb hat...

Sascha (für sich, beißt die Zähne aufeinander). Aber so verbiet' ihm doch das Maul, du da oben!

Richard. Hast du kein Gedicht mehr gemacht? Wo ist denn dein Schreibtisch? Es sieht so verräumt aus! Und riecht nach Kamillenthee (hebt ein Kinderjäckchen vom Boden auf) — hast du dir Puppen angeschafft?

Sascha (reißt es ihm aus der Hand). Gib her.

Richard. Jetzt hat's ein Loch. Ich kann nichts dafür. Wie sie mich anschaut! Mit den trotzigen Augen. Du — ich halt's nicht mehr aus. Ich muß dich küssen.

Sascha (blickt starr auf das Jäckchen in ihrer Hand, langsam, ruhig). Wann hast du Agnes zum letzten Mal geküßt?

Richard. Agn... was ist das für eine dumme Frage? Geht mich nichts an. Weiß nicht.

Sascha. Vielleicht besinnst du dich noch darauf, bis ich ausgeredet habe. Du trägst das stolze Gefühl in dir, durch deine Erlebnisse ein Mann geworden zu sein —

Richard. Und der Mann liebt dich, wie der Knabe dich geliebt...

Sascha. Du bist kein Mann. Ein paar Reise=
unannehmlichkeiten machen einen noch nicht dazu.

Richard. Und die Liebe?

Sascha. Die hast du nie gesehen.

Richard (wirft sich vor ihr auf die Knie). Sascha —
o du süßer, ungläubiger Racker. Wie soll ich dich
denn überzeugen, daß ich wirklich ein anderer Kerl
geworden bin? Heiraten will ich dich gar nicht, wozu
denn? Eine Göttin heiraten? Haben will ich dich,
in irgend einem blühenden heißen Erdenwinkel — ah,
himmlisch! So ein kräftiges junges Geschöpf — dir
kann man doch etwas zumuten. Sollst mal sehen,
wie ich dichten werde! Jede taumelnde Nacht in ein
berauschendes Lied — die Menschheit soll trunken
werden von meiner Liebe!

Sascha. Das ist es nicht, Richard — so schön
es sich daherredet, so schön es sich in heimlicher Däm=
merung vor einem Weib auf den Knieen liegt. Mit
der Liebe hat es nichts zu schaffen. Richard — wenn
mich der Hauch eines Augenblicks alt, häßlich und
blöde machen könnte — du würdest sogleich aufsteh'n.

Richard. Dann wärst du es nicht mehr!

Sascha. Und du könntest es dir nicht einbilden,
daß ich's wäre . . .

Richard. Die Liebe ist Atem und Begehren
und Rausch —

Sascha. Die Liebe ist Schmerz und Opfer.
(Hebt die Arme empor mit Kraft und Schmerz.) Geh' du,
geh' aus meinem Leben, du große rote Freude, und
ich will mir nichts behalten als ein kleines weißes Leid!

Richard. Ach, laß' doch die poetischen Phrasen, das versteh' ich nicht.

Sascha. Das glaube ich. Agnes versteht es — sie ist Mutter.

Betty's (Stimme von außen). Fräulein Sascha, Fräulein Sascha —

Sascha. Richard, auf den Balkon, legen Sie sich auf den Boden, nicht rühren (sie stößt ihn hinaus), nicht rühren! (Laut rufend, während sie gegen die Vorzimmerthür läuft, um den Riegel zurückzuschieben.) Ich bin hier, Betty, was willst du?

Betty (atemlos herein). Fräulein Sascha — um Gotteswillen — der Agnes — so schlecht — auf einmal —

Sascha. Wo ist sie?

Betty. Die Anna bringt sie die Treppe herauf —

Sascha. Anna augenblicklich zur Hebamme, du bringst Agnes zu Bett, ich komme selbst sofort, geh' doch, geh' doch —

Betty (jammernd hinaus). Es ist schrecklich, es wird ein Unglück, ach Gott, Anna, lieber Gott, Fräulein Sascha —

Sascha. Schrei' doch nicht so, das muß sie ja aufregen. (Betty ab.)

Sascha (läuft an den Balkon). Ich sperre das Zimmer von außen zu. Sobald ich kann, laß' ich Sie fort. Nicht rühren. Keinen Laut! Es kann Agnes das Leben kosten — (Rasch ab, sperrt von außen zu. Man hört draußen Schritte, Durcheinanderrufe, Saschas Stimme befehlend, es wird still. Rasch hereinbrechende Dunkelheit. Mondlicht durch das Balkonfenster.)

**Richard** (taumelt vom Balkon herein, blickt irr umher). Es kann — Agnes — das Leben — Mutter — (stößt mit dem Fuß an den Babykorb, bückt sich, faßt eines von den Hemdchen, schaut es an, preßt es vor's Gesicht und fällt ohnmächtig zu Boden. Durch den Mittelspalt der Schlafzimmerthüre dringt der Strahl einer Lampe. Man hört wieder Tritte die Treppe herauf, Thüren öffnen und schließen, Reden, am deutlichsten Sascha's Stimme: „Ruhe! Ruhe!" Kleine Pause).

**Sascha** (hastig, aber sehr leise herein). Eben ist Franz mit der Hebamme gekommen, geh'n Sie jetzt rasch, es wird Sie niemand seh'n — bemerkt den am Boden Liegenden) So — auch noch die Bescherung! (Nimmt die Schale, wirft die Blumen heraus und schüttet mit der hohlen Hand Wasser auf seine Stirne.)

**Richard** (aufwachend). Was ist — wie geht's —

**Sascha.** Ich weiß nicht. Die Hebamme ist da, Franz ist gleich wieder fort zum Geheimrat. Geh'n Sie schnell.

**Richard.** Ich geh' nicht.

**Sascha.** Sie müssen geh'n.

**Richard.** Ich bleib'.

**Sascha.** Was haben Sie für ein Recht, hier zu bleiben —

**Richard.** Aber ich werde wahnsinnig in dieser Nacht, wenn ich nicht weiß, was geschieht — ihr geschieht —

**Sascha.** Nein. Die Gefahr ist zu groß, wenn Sie sich verraten —

**Richard.** Ich werde wie ein Hund vor dieser Thür' liegen, ich will nicht atmen — haben Sie doch Mitleid, Mitleid —

Sascha. Ich hab' gar keine Zeit zum Mitleid. Ich muß meinen Kopf — Halten Sie mich nicht länger auf, gehen Sie, gehen Sie —

Richard. Sascha — ich schlag' Jeden tot, der mich wegbringen will —

Sascha (sieht ihn an). Endlich! Gott sei Dank. Ziehen Sie Ihre Stiefel aus, die trappen so, ich sperre zu, vielleicht kann ich Ihnen später etwas zu essen bringen, gute Nacht. (Ab.)

Richard (allein, setzt sich auf einen Stuhl, zieht die Stiefel aus. Man hört aus dem Nebenzimmer einen unterdrückten Schrei, Stöhnen. Richard bebt, preßt die Hände vor den Mund. Kriecht auf Händen und Füßen an die Thüre des Schlafzimmers, lauscht, greift mit den Händen an der Thür empor). Mein Weib! Mein Weib!

## Fünfter Akt.
### September.

(Park. Heller Herbsttag. Rechts und links hohe Bäume, zwischen welche sich schmale, von welken Blättern bedeckte Kieswege verlieren. Rückwärts ein kleiner Hügel und die abschließende Gartenmauer. Inmitten der Mauer ein geöffnetes Thürchen. Man sieht auf einen Feldweg.

Sascha und Richard von rechts. Sascha in grauem Kleid, mit müden, sich öfters schließenden Augen. Richard, hager, stark ergraut an den Schläfen, sehr ernst.)

Sascha (auf das Pförtchen weisend). Da ist sie hinuntergegangen — auf den Friedhof — wie jeden Tag.

Richard. Ganz allein?

Sascha. Ganz allein.

(Kleine Pause. Sascha geht gegen das Thürchen und blickt hinaus.)

Richard Und wann kommt sie zurück?

Sascha. Sie wird bald kommen. Vor Sonnenuntergang. Ich habe sie gebeten, nicht länger zu bleiben. Sie thut ja alles, was man will.

Richard. Es ist gar nicht anders geworden?

Sascha. Ach — gar nicht. Ich habe mit dem Geheimrat gesprochen, beraten — er schüttelt den Kopf. „Lassen Sie das arme Ding in Ruhe. Das ist das einzige, was man noch für sie thun kann."

Richard. Was ist es denn . . .

Sascha. Sie spricht nicht, sie klagt nicht. Sie geht herum und man sieht, daß sie nicht weiß, wo sie geht. Sie ißt, was ich ihr auf den Teller lege, und ich fühle, daß sie nicht weiß, was sie ißt. In der Nacht — sie liegt steif und gerade auf ihren Kissen — mit weiten starren Augen — die mageren Hände auf der Bettdecke — eiskalt. Ich gebe ihr zu thun — Handarbeiten. Sie macht sie pünktlich und sauber fertig, ohne Hast und ohne Langsamkeit. Ich gebe ihr Bücher. Sie liest. Ich frage sie nach dem Gelesenen. Sie erzählt es mir mit ganz lauter, heller Stimme. Und wenn ich sie ansehe, überkommt mich das gräßliche Gefühl, daß eine Leiche redet.

Richard. Und vorgestern?

Sascha. Als ich ihr das Scheidungsurteil gab? Keine Röte, keine Blässe. Sie sieht es an, als wäre nichts darauf geschrieben. Mit dem Rücken der Hand schiebt sie es zurück: „Da." Dieser Ton, der mich jedesmal zerbrechendes Glas hören macht. (Pause.)

Richard. Es wird wohl am besten sein, wenn Sie sie hier erwarten. Ich bleibe in der Laube, bis Sie mich —

Sascha. Ach Richard — ich halte es für ein nutzloses Unrecht. Es ist zu spät. Geben Sie sich doch nicht den Hoffnungen Ihrer Reue hin. Ich gesteh' es Ihnen — als Sie an jenem Abend zurück= kamen — da glaubte ich, daß ihr beide das Glück wiederfinden würdet — über einer Wiege. Und am Morgen mußt' ich einen Sarg holen lassen. Damit war's zu Ende. Das fühlt' ich. Sie starb mit ihrem Kind. Was wollen Sie? Versöhnung — mit einer Toten?

Richard. Sie soll wieder leben.

Sascha. Romanidee — und wenn es möglich wäre — glauben Sie, daß es in einer Stunde mög= lich ist? In einem Monat möglich ist? Dazu gehört ein Leben. Entsagung und Selbstlosigkeit eines ganzen Lebens. Und die wollen Sie haben? Selbstlosigkeit?

Richard (finster). Ja.

Sascha. Sie — ein Dichter.

Richard. Ich bin keiner. Und will keiner mehr werden. Ich will ein Mann sein und gut machen. Ob da noch Einer auf der Welt ist, der für fünf Pfennig Talent hat — oder nicht, was daran liegt! Alle unsterblichen Werke sind das kleine Grab da draußen nicht wert. Und wenn ich ein solches Werk in mir hätte — so soll's ungeschrieben bleiben. Ich hab' Anderes zu thun.

Sascha. So . . . Was wollen Sie thun?

Richard. Mein Brot verdienen. Ich habe be= reits die Stelle als Feuilletonredakteur am Tagblatt angenommen. Sie wird ziemlich gut bezahlt.

Sascha. Das halten Sie nicht ein halbes Jahr aus.

Richard. Seien Sie ganz ruhig. Ich halte aus. Ja... so geht's im Leben... Man wird schuldig und traurig.

Sascha. Schuldig... und traurig.

Richard. Was Sie davon wissen!

Sascha (mit schmerzlichem Lächeln). Nun — ich hab' ja zugeseh'n — und mitgethan. (Sie sieht nach rückwärts.) Da kommt sie — ganz langsam. Gehen Sie bei Seite. Nicht zu weit. Daß Sie mich hören, wenn ich rufe.

Richard (geht rechts ab).

Sascha (geht den Hügel hinauf, durch das Pförtchen hinaus, kommt nach ein paar Sekunden mit Agnes zurück und schließt das Thürchen).

Agnes (in langem schwarzen Cachemirkleid, schwarze Krause um Hals und Aermel, schwarzes Spitzentuch um den Kopf. Sehr abgemagert, sieht dadurch größer aus. Gesicht und Hals sehr weiß mit dicken blauen Adern. Die Augen übermäßig geöffnet, starr. Die Hände sehr weiß. Die Finger meist gerade aneinander geschlossen. In einer Hand trägt sie weiße und violette Astern. Sie macht sehr wenig Bewegungen und diese steif und eckig. Sie spricht laut, deutlich, mit heller Langsamkeit. Antwortet auf Fragen erst nach einer kleinen Pause. Sie ist völlig abwesend).

Sascha... Schön sind die Astern. Sind noch viele draußen?

Agnes. — nein.

Sascha. Das sind die letzten?

Agnes. — ja.

Sascha. Die andern sind wohl verbrannt — vom Reif?

Agnes. — ja.

Sascha. Die Nächte sind bitterkalt. Wir haben morgen auch den ersten Oktober. Meinst du nicht, ich soll die Winterfenster einhängen lassen — wenigstens im Schlafzimmer?

Agnes. — ja.

Sascha. Hast du niemand gesprochen? Den Aufseher?

Agnes. — nein.

Sascha. Was hast du denn die ganze Zeit gethan?

Agnes (schaut auf die Blumen). — Die.

Sascha. Und sonst nichts? Herumgegangen?

Agnes. — ich stehe am Grab.

Sascha. Drei Stunden lang! Du mußt ja ganz steif sein . . . Setz' dich wenigstens jetzt.

Agnes. — ja. (Bleibt neben dem Stuhl stehen.)

Sascha. Laß 'mal deine Hand — (nimmt Agnes Hand) eiskalt! Agnes, du darfst mir nicht mehr auf den Friedhof geh'n.

Agnes. Ich werde nicht mehr auf den Friedhof geh'n.

Sascha. Wenigstens nicht allein.

Agnes. Wenigstens nicht all—

Sascha (unterbrechend). Du sprichst meine Worte nach, und ich weiß gar nicht, ob du mich gehört hast.

Agnes. Ich habe dich gehört.

Sascha. Ob du mich verstanden hast —

Agnes. Ich habe dich verstanden.

Sascha. Also was verlang' ich von dir?

Agnes. Du verlangst von mir, daß ich nicht mehr an das Grab von meinem Kind gehen soll.

Sascha. Und du wirst es thun?

Agnes. Ich werde es thun.

Sascha. Ja — aber es ist doch das Einzige, was du noch hast.

Agnes. Es ist das Einzige, was ich noch habe.

Sascha (schlägt die Hände zusammen). Agnes, was soll ich denn mit dir — schrei' dich aus, klag' dich aus — aber so wie du jetzt bist, wie du heute bist — das ist ja der geduldige Wahnsinn!

Agnes. Ich bin nicht wahnsinnig. Ich bin ganz zufrieden. Es ist mir Alles recht. Es ist mir am liebsten, wenn es sehr still ist.

Sascha. Willst du sterben?

Agnes. — nein.

Sascha. Leben?

Agnes. — nein.

Sascha. Es gibt doch kein Drittes.

Agnes. Ich will gar nichts. Es soll sehr still sein.

Sascha. Bist du still in dir? Grämst du dich nicht? Denkst du nicht an das Kind?

Agnes. Ich denke gar nichts.

Sascha. Nicht an das Kind? Daß du's nicht mehr hast?

Agnes. — es ist immer da. Und es ist ganz still. Es ist tot.

Sascha (geht zu Agnes, drückt sie an die Brust). Agnes — wenn ich dich so an mein Herz drücke und dich anschau' und bitt' und anflehe, daß du aufwachst, daß du weinst — Agnes, so erbarm' dich doch, so begreif's doch, wie du mich verklagst — Agnes! Agnes!

A g n e s (liegt steif und geduldig in Sascha's Armen).

S a s ch a. Agnes — sprich doch.

A g n e s. — ich hab' dich ganz lieb. Es soll still sein.

S a s ch a (läßt sie los, geht ein paarmal auf und ab). Nein, nein. Es darf nicht still sein. Ich muß dich aus diesem Schlaf aufschrei'n. Agnes — ich bin auch unglücklich.

A g n e s. Du bist auch unglücklich.

S a s ch a. Willst du nicht wissen warum?

A g n e s. — nein.

S a s ch a. Ich — ich hab' auch ein kleines totes Kind und es ist immer bei mir. Und ich hab' es selbst umgebracht.

A g n e s. Du hast kein Kind und es ist nicht wahr.

S a s ch a. Es ist doch wahr, Agnes — — — Weißt du den Tag, an dem ich dich zu mir geholt habe? Ich hab' dir versprochen, nicht mehr zu lügen. Und ich hab' doch wieder gelogen. Da hab' ich mein Versprechen umgebracht. Das thut auch weh.

A g n e s. Es thut auch weh.

S a s ch a. Und es kann nie mehr gut werden.

A g n e s. Es kann nie mehr gut werden.

S a s ch a. Ich habe gelogen, Agnes.

A g n e s. — du bist gut. Ich will bei dir sein.

S a s ch a (erschöpft). Jetzt weiß ich mir nichts mehr. Ob ich sie küsse oder mißhandle — sie rührt sich nicht.

(Schaut Agnes zweifelnd an.) Soll ich das wagen? Ohne Vorbereitung? Vielleicht — (Sie geht ein paar Schritte nach rechts, ruft:) Richard! (Sieht nach Agnes um, welche unbeweglich mit den Blumen im Schoße dasitzt.) Richard! (Sie geht zu Agnes.) Ich habe deinen Mann gerufen. Agnes. Er ist da. Er will dich seh'n.

Agnes (bleibt unbeweglich.)

Sascha. Du wirst ihn kaum mehr erkennen. Er hat einen Bart und ist alt geworden. Er ist gar nicht mehr hübsch. Siehst du, da kommt er den Weg herunter. Ist es dir recht, daß er kommt?

Agnes. — er wird reden. Es soll still sein.

Sascha. Soll ich gehen?

Agnes. — nein.

Richard (tritt auf, sieht Agnes an, zuckt zusammen, fährt sich mit der Hand über die Augen, steht dann wieder ruhig und gefaßt).

Sascha (ihm entgegen). Sie will nicht, daß ich fortgehe.

Richard. Gehen Sie nur. Aber nicht zu weit.

Sascha (geht).

Richard (geht auf Agnes zu, welche unbeweglich gerade vor sich hinschaut). Ich habe Sascha fortgeschickt, Agnes. Denn ich will mit dir allein sein.

Agnes (regt sich nicht).

Richard. Bitte — sieh' mich doch an.

Agnes (wendet mechanisch das Gesicht zu ihm).

Richard (entsetzt über ihre Regungslosigkeit). Agnes, kennst du mich nicht?

Agnes. Ich kenne dich.

Richard. Weißt du, wie ich heiße?
Agnes. Richard.
Richard. Und wer ich bin?
Agnes. Richard.
Richard. Ich meine — früher — ich war doch — kannst du dich nicht besinnen?
Agnes. Du warst mein Mann.
Richard (wendet sich einen Augenblick weg, beißt schmerz=
voll die Zähne in die Lippen, kehrt sich dann wieder zu ihr).
Es ist noch nicht lange her.
Agnes. — — lange her.
Richard. Und du frägst nicht, warum ich zu dir komme? Was ich von dir will?
Agnes. — ich bin müde. Es soll still sein.
Richard. Wenn ich dir sage, daß ich bereut habe, was geschehen ist? Nicht mit dem augenblick=
lichen Schmerz des Schreckens — mit einem Kummer, der mich alt gemacht hat. Alt, so alt — siehst du es nicht?
Agnes. — nein.
Richard. Du siehst es nicht, weil du nichts mehr von mir weißt. So hab' ich dich nicht gewußt und habe dich verloren — aus meinen Armen. Nun weiß ich dich in meiner Seele und du bist weit weg. Da oben, hoch oben, und ich muß unten steh'n und weinen.
Agnes. — unten steh'n und weinen.
(Die Sonne sinkt, Abendrot schimmert durch die Baumkronen.)
Richard. O ich habe geweint — in die Grab=
erde meines Kindes geweint — verstohlen bin ich hin=

geschlichen — wenn noch halb Nacht war — hingeschlichen zu meinem verstoßenen Kind — sein Vater.

Agnes (mit einem schwachen Zucken der Mundwinkel, leiser als bisher, aber noch immer starr und eintönig.) Va—ter.

Richard. Ein Leben, das hätte sein können, das war — ein Leben aus meinem Leben — und ich selber hab' mir Alles genommen und bin allein geworden — — Agnes, ist nichts mehr von meinem Atem in dir? Nichts mehr, daß du mich geliebt hast?

Agnes. — mein Kind ist tot.

Richard. Es ist tot und du bist traurig. Wir sind beide zum Sterben traurig. Und wir können nicht mehr leben, wenn wir allein sind. Agnes — komm' zurück! Zu mir. Ich — liebe dich! So! So!

Agnes. — mein Kind ist tot. Es soll still sein.

Richard. Ich will so still sein an deiner Seite, daß du mich nicht hörst, nur fühlst. Ich will deine Hand nicht rühren, ich will nur dein Haupt anseh'n. Ich will die Welt verlernen, um dir Frieden zu geben, bis ich dich in Jahren und Jahren von deinem Kummer zurückgebettelt habe — für dich!

Agnes. — mein Kind ist tot.

Richard (außer sich). Agnes — ich hab' in der Nacht, da es geboren wurde, vor deiner Thür gelegen und hab' dich ächzen gehört und weinen — und bin da gelegen mit verbrannten Augen und erwürgtem Schluchzen. Ich habe gelitten. Um die Mutter meines Kindes, um mein Weib. In dieser Nacht bist du mir mein Weib geworden. Und es war mein Kind, das geboren wurde, und es war mein Kind, das Sascha mir am Morgen hereinbrachte — tot. Mein Kind war tot. (Er ist auf den Sessel gesunken und hat das Gesicht in beide Hände vergraben.)

Agnes. Dein — Kind — war — tot. (Ihre Finger lösen sich, sie atmet mit geöffnetem Mund und geschlossenen Augen.)

Richard. O du — sei größer als dein Schmerz! Sei nicht blind für mich! Ich habe mich hingeschleppt über diese Tag' und Nächte wie ein Verkrüppelter über ein Gebirg — zu dir, zu meinem Weib. Mein Weib lebt mir noch! Ich suche mein Weib, ich will mein Weib. Erbarm' dich, erbarm' dich! — — — (Aufschreiend) Mein Weib ist tot!

(Große Pause.)

Agnes (hat das Gesicht tief gesenkt. Bei seinem Schrei zuckt und bebt ihr Körper, sie ringt nach Atem, hebt dann langsam ihr Gesicht wieder empor. Mit verändertem Ausdruck, weicher und leiser Stimme). Wie grau du geworden bist...

Richard (sieht sie an, versteht, fällt vor ihr auf die Kniee, sein Haupt liegt in ihrem Schoß). Du — du!

Agnes (immer sanft, leise und gleichmäßig). Steh' auf — die Erde ist kalt.

Richard. Du Eine! Du Einzige!

Agnes. Steh' auf. (Sie steht auf. Die Blumen fallen aus ihrem Schoß zur Erde, Richard nimmt sie auf und preßt sie vor's Gesicht.) Nicht — die Totenblumen. Steh' auf. Wir wollen sie zurückbringen.

Richard (erhebt sich. Sie stehen Hand in Hand und schauen in das volle Abendrot).

Sascha (kommt langsam zwischen den Bäumen hervor).

Richard. Da sind wir, Sascha.

**Sascha** (bekämpft mit Lächeln ihre Bewegung). Also hab' ich meine zwei Leutchen wieder beisammen. Laßt euch anschauen. Was für gute stille Gesichter ihr habt. Ach Kinder, heut' werd' ich doch wieder zu Abend essen können. Es hat mir lange nicht mehr geschmeckt. Nun ist alles beim alten.

**Agnes** (schaut Sascha an). Wir drei.

**Sascha** (erwidert den Blick voll und tritt zurück. Mit tiefem Ernst). Nein, Agnes. Das sind wir nicht mehr und sollen es nie mehr werden. Zwei sollt ihr sein, eins sollt ihr sein. Ich bin zu stark, um jedem von euch nicht ein Stück Leben zu nehmen. Und euer Leben muß euch ganz gehören. Ich gehe. Ich werde mir keine Freunde mehr suchen. Ich habe euch gehabt. Da taugt nichts anderes mehr. Wenn es sein kann, werde ich wiederkommen. Wenn eine lange, lange Zeit vorüber ist... Wenn ihr stark geworden seid und ich — ruhig. Das ist unser Abschied. Ich liebe euch. Geht jetzt zu euer'm Kind. (Sascha führt sie den Hügel hinauf, öffnet das Pförtchen. Agnes und Richard geben ihr die Hand und gehen. Sascha sieht ihnen eine Weile nach.) Die Glücklichen! (Kommt langsam herunter, preßt die Hände auf die Brust.) Weh thut's da — und wird immer weh thun. (Sie hat welke Blätter aufgehoben und läßt sie gedankenvoll wieder aus der Hand gleiten.) Das Blatt da — ob es nicht auch seine Tragödie hat? Ich will arbeiten — wenn mir etwas einfällt. (Geht noch ein paar Schritte vor. Ueberwältigt ausbrechend.) O Leid, Leid!

(Geschrieben München 1891)